나름
독서

나름

10분 만에 끝내는 1일 1권 책 읽기

이채윤 지음

독서

시그마북스
Sigma Books

나름 독서

발행일 2016년 3월 21일 초판 1쇄 발행
지은이 이채윤
발행인 강학경
발행처 시그마북스
Sigma Books
마케팅 정제용
에디터 권경자, 장민정, 최윤정
디자인 윤수경
기 획 출판기획전문 ㈜엔터스코리아

등록번호 제10 - 965호
주소 서울특별시 영등포구 양평로 22길 21 선유도코오롱디지털타워 A404호
전자우편 sigma@spress.co.kr
홈페이지 http://www.sigmabooks.co.kr
전화 (02) 2062-5288~9
팩시밀리 (02) 323-4197
ISBN 978-89-8445-787-4(03800)

이 도서의 국립중앙도서관 출판예정도서목록(CIP)은 서지정보유통지원시스템 홈페이지(http://seoji.nl.go.kr)와
국가자료공동목록시스템(http://www.nl.go.kr/kolisnet)에서 이용하실 수 있습니다.(CIP제어번호: CIP2016006251)

＊**시그마북스**는 ㈜**시그마프레스**의 자매회사로 일반 단행본 전문 출판사입니다.

책을 읽는다는 것은 많은 경우에,
자신의미래를 만든다는 것과 같은 뜻이다.

- 랄프 왈도 에머슨 -

차례

PART 4 성공 편

PART 5 미래 편

머리말

사람들은 책이 마음의 양식이라고 습관처럼 말한다. 그러나 좀처럼 책을 읽지 않는 시대다. 지하철을 타보면 열에 아홉은 스마트폰을 들고 무언가를 하고 있다. 책을 읽는 사람은 눈을 씻고 찾아봐도 보이지 않는다. 동네 서점들은 자취를 감춘 지 이미 오래되었다.

책 좀 읽으라고 하면 먹고살기도 바쁜데 책 읽을 시간이 어디 있느냐고 한다. 그러나 먹고살기 어려운 시절일수록 책을 읽어야 한다. 책 속에 길이 있기 때문이다. 물론 요즘은 인터넷 검색만 하면 원하는 정보를 손쉽게 얻을 수 있지만, 문제는 넘쳐나는 방대한 정보 속에서 어떤 정보가 진짜인지 가짜인지를 판단할 수 없다는 점이다.

진정한 독서는 세상의 본질을 꿰뚫고 인생을 어떻게 살아가야 하는가를 가르쳐주는 나침반이 되어 준다. 그러나 오늘날 현대인들이 들고 다니는 책을 살펴보면 태반이 단순한 지식과 정보를 취급하는 것들이다. 예를 들면, 직장을 구하기 위한 수험서나 정보지에 가까운 책들이다.

그나마 다행인 것은 많은 대학과 직장에서 논술시험을 시행하고 있다는 점이다. 논술시험을 잘 보려면 독서를 많이 해야 한다. 그런데 논술 실력은 몇 달 족집게 과외를 받는다고 늘어나는 것이 아니다. 제대로 된 논술 실력을 쌓으려면 평소 제대로 된 독서 습관을 가지고 있어야 한다.

무릇 성공한 사람들의 곁에는 늘 책이 있었다. 그들은 아무리 바빠도 늘 책을 끼고 살았다. 두보는 일찍이 "젊은이는 모름지기 다섯 수레의 책을 읽어야 한다"고 했다. 또한 20세기 월가에서 가장 성공한 투자자로 칭송받던

존 템플턴은 이런 말을 남겼다.

"성공을 준비하는 사람은 늘 도서관을 끼고 다닌다. 지하철을 기다리거나 공항에서 탑승 수속을 위해 대기할 때에 몇 분의 시간은 있다. 이럴 때 회사 일에 도움이 되는 자료를 찾아보거나, 요즘의 흐름을 분석해보거나, 아니면 그저 마음의 양식이 되고 식견을 넓히는 책을 읽어볼 수도 있다. 약속 시간보다 일찍 도착했을 경우에 대비해 기다리는 동안 읽을 수 있는 신문을 가지고 다닐 수도 있다. 늘 책과 신문을 지니고 다닌다면 도서관을 끼고 다니는 것이나 마찬가지다. 이렇게 하게 되면 당신은 항상 무엇인가를 성취할 수 있고, 성공을 향해 훨씬 빨리 나아갈 수 있을 것이다."

책을 읽으면 깨달음이 오고, 그 깨달음은 '생각의 힘', '세상 읽기의 힘'을 가져다주기 때문이다. 그런데 현대인들은 갈피를 못 잡고 정신없이 바쁘게 사는 탓에 '도서관을 끼고 다니는 즐거움'을 알지 못한다.

설령 책을 읽고 싶어도 '어떤 책을 읽을까?' 고민하며, 막상 책을 접하면 '책을 어떻게 읽을까?' 고민한다.《나름 독서》는 새롭게 독서를 시작하려는 여러분에게 나름의 방식으로 독서를 할 수 있도록 길잡이가 되어 줄 책이다.

필자는 책 읽을 시간이 없다고 엄살을 떠는 한 지인에게 "10분 만에 책 한 권을 읽을 수 있다면?" 하고 물은 적이 있다. 그러자 그는 반색하며 "어떻게 그런 기적 같은 일이 있을 수 있어?" 하고 되물었다.

이 책은 여러분에게 그런 기적을 선사한다. 화장실에서 혹은 잠자리에 들기 전, 자투리 시간이 생길 때면 언제나 10분도 안 되는 짧은 시간에 책 한 권의 정수를 읽게 해준다. 이 책은 여러분의 성공을 위해 준비된 도서관이다. 많이 애용하시라.

PART 1

생각 편

먼저 생각하고
행동하라

📖 **이 책은**

빌 게이츠는 왜 생각 주간을 만들었을까 : 매 순간 최고의 결과를 얻는 사람들의 비밀

(원서 : Consider: Harnessing the Power of Reflective Thinking In Your Organization)

대니얼 패트릭 포레스터 지음 | 이민주 옮김 | 토네이도 | 2012년 2월

📖 **같이 읽으면 좋은 책**

김미경의 드림 온 : 드림워커로 살아라

김미경 지음 | 쌤앤파커스

스마트한 선택들 : 후회 없는 결정을 하기 위해 꼭 알아야 할 52가지 심리 법칙

롤프 도벨리 지음 | 두행숙 옮김 | 엘 보초, 시몬 슈텔레 그림 | 걷는나무

습관의 힘 : 반복되는 행동이 만드는 극적인 변화

찰스 두히그 지음 | 강주헌 옮김 | 갤리온

《빌 게이츠는 왜 생각 주간을 만들었을까》

인간은 오직 사고(思考)의 산물일 뿐이다.
인생은 생각하는 대로 되는 법이다.
— 마하트마 간디

세상은 빠르고 복잡하게 돌아가고 있다. 숨 가쁘게 변하기 때문에 따라
잡기 힘들 정도다. 최근의 출퇴근 시간 지하철 안 풍경을 보면 우리네들
은 생각할 시간을 갖는 것을 포기한 듯 보인다. 열에 아홉은 스마트폰을
들여다보며 영화나 드라마, 게임, 채팅 등에 빠져서 '생각하는 시간'을
빼앗기고 있다. 유튜브를 보고 트위터, 페이스북을 하면서 생각하고 있
는 것이라고 생각한다면 크나큰 착각이다. 온전한 생각은 사색에 빠져
들 시간과 공간을 확보해야만 얻을 수 있는 것이다.

　《빌 게이츠는 왜 생각 주간을 만들었을까》는 이 문제에 대한 해답을

던져주는 책이다. 저자인 대니얼 패트릭 포레스터(Daniel Patrick Forrester)는《포춘》이 선정한 100대 기업과 미국 연방정부 조직들의 전략 개발 프로젝트에 참여하고 있는 세계적 경영 컨설턴트인데, 그는 이 책에서 기업과 비즈니스맨들의 성공을 좌우하는 핵심 열쇠는 '씽킹 타임'이라고 주장한다. 즉 일과 삶의 전체적 흐름을 통찰하고 성공하려면 '생각의 시간'을 반드시 가져야 한다는 것이다.

'생각의 시간'을 갖고 있는 대표적 인물은 마이크로소프트의 창업자 빌 게이츠이다. 그는 일 년에 두 차례 '생각 주간'을 만들어 실천에 옮김으로써 글로벌 기업을 일구어낸 것으로 유명하다. 그는 회사 직원들은 물론이고 가족의 방문도 거절한 채 미국 서북부 지역 호숫가에 따로 마련해놓은 별장에서 일 년에 두 차례씩 일주일간 은둔 생활을 해오고 있다. 이 기간 동안 별장을 찾는 사람은 하루에 두 번 음식을 넣어주는 관리인뿐이다. 그는 '생각 주간' 동안 IT 업계의 새로운 동향에 대해 숙고하면서, 임직원이 제출한 사업 아이디어에 대한 보고서들을 읽고 이에 관한 자신의 생각을 정리한다. 인터넷 브라우저 시장 일인자인 넷스케이프를 제칠 수 있었던 것도, 온라인 비디오게임 시장에 진출한 것도 '은둔과 고요의 생각 주간'이 낳은 작품들이다.

빌 게이츠의 '생각 주간'은 마이크로소프트의 공식적인 시스템으로 제도화되었다. 엄정하게 선정된 40여 명의 엘리트 임직원이 다양한 전문가들이 제출한 아이디어를 검토하는 시간을 갖는다. 전문가들은 명성과 전공에 대한 전문성, 그리고 새로운 아이디어를 수용하고 사람들에게 올바른 아이디어를 전해줄 수 있는 능력을 기준으로 선정된다. 마이크로소프트 테크니컬 전략그룹의 타라 프라크라야 사장은 말한다.

"우리 회사의 생각 주간은 빌 게이츠의 비위를 맞추기 위함도 아니요, 그의 업적을 기리기 위함도 아니다. 기초적인 아이디어가 올바른 장소와 만나 핵심 아이디어로 발전할 수 있게 만드는 시스템, 그것이 바로 우리의 생각 주간이다."

구글도 '20% 타임제'로 생각할 시간을 중요하게 실천하고 있는 기업이다. 구글의 모든 직원은 업무 시간의 20%를 자유 시간으로 쓸 수 있다. 그 시간에 구글러들은 마음껏 자신이 원하는 프로젝트에 몰두할 수 있다. 구글 뉴스, 애드 센스, 구글 맵스, 구글 어스, 구글 토크 등은 20% 타임제를 통해 탄생했다. 빌 게이츠는 말한다. "경쟁자는 두렵지 않다. 경쟁자의 '생각'이 두려울 뿐이다." 많은 CEO가 홀로 산을 찾는 이유도 여기에 있다.

인생은
집중력 싸움이다

📖 **이 책은**
하버드 집중력 혁명 : 일과 삶의 모든 것을 결정하는 1% 차이(원서 : Driven to Distraction)
에드워드 할로웰 지음 | 박선령 옮김 | 토네이도 | 2015년 5월

📖 **같이 읽으면 좋은 책**
집중력, 마법을 부리다 : 일 잘하는 사람의 몰입 기술
샘 혼 지음 | 이상원 옮김 | 갈매나무

스마터 : 똑똑하게, 더 똑똑하게
댄 헐리 지음 | 박여진 옮김 | 와이즈베리

기대를 현실로 바꾸는 혼자 있는 시간의 힘
사이토 다카시 지음 | 장은주 옮김 | 위즈덤하우스

《하버드 집중력 혁명》

성공의 첫 번째 요건은
육체적, 정신적 에너지를 낭비하지 않으면서
하나의 문제에 집중할 수 있는 능력이다.
– 토머스 에디슨

성공한 사람들과 평범한 사람들은 무엇이 다를까? 성공한 사람들은 보통 사람들보다 더 많이 일할까? 흔히 그렇게 생각하지만 사실은 그렇지 않다. 그들은 더 많이, 더 열심히 일하지 않는다. 다만 고도로 집중해서 일하는 까닭에 놀라운 성과를 내는 것이다. 많은 사람이 성공의 진정한 비결이 집중력에 있다는 사실을 알지 못한다.

《하버드 집중력 혁명》은 집중력이 목표를 이루는 필수 도구라는 것을 밝힌 책이다. 하버드 의과대학 교수인 에드워드 할로웰(Edward Hallowell)은 '주의력 결핍 성향(ADT)'을 최초로 규정하고, 수십 년간 집중력과 생산성 문제를 연구했다. 저자는 인생의 주도권을 쥐는 일은 '집중력'에 달려 있다고 강조한다. 또한 주의력 결핍 성향과 관련해 우리가 알아야 할 모든 것을 말해준다.

그런데 집중력의 중요성을 잘 알고 있는 사람들도 쉽게 집중하지 못하는 이유는 무엇일까? 주변에 집중을 방해하는 요인들이 많기 때문일 것이다. 예를 들면, 직장에서건 집에서건 자신의 의지와는 상관없이 켜져 있는 컴퓨터와 TV, 버스나 지하철 등 공공장소에서 쉴 새 없이 울려대는 스마트폰 등이 그렇다.

이 책은 집중력 문제에 관한 온갖 사례와 대처 방안을 제시하고 있다. 아울러 '누가 더 자신을 사랑했는가'에 따라 하나의 목표에 초점을 맞춘 결연하고 명료한 정신 상태를 가질 수 있고, 그것이 '성공의 열쇠'라는 사실을 강조한다. 모든 성공은 '집중력 싸움'에서 승리한 결과다.

저자는 전자기기 중독, 멀티태스킹, 넘치는 아이디어와 만성화된 걱정 등 주의력을 산만하게 하는 대표적인 요인 여섯 가지와 이에 대처하는 방안을 알려준다. 집중력을 유지하고 목표를 달성하기 위해서는 기운, 감정, 참여, 체계, 제어라는 다섯 가지 요소가 필요하고, 이를 바탕으로 계획을 세우고 실천하면 최고의 성과를 올릴 수 있다고 가르친다.

우리의 삶을 결정하는 '집중력'을 만드는 다섯 가지 요소를 좀 더 자세히 살펴보자.

첫째는 기운이다. 수면은 충분히 취하고 있는지, 균형 잡힌 식사를 하고 있는지, 규칙적인 운동을 하고 있는지, 명상의 시간을 갖는지, 주변 사람들과 원만한 관계를 유지하고 있는지 살펴보라. 이 다섯 가지가 뇌에 에너지를 공급하고 우리 몸의 기운을 돋게 하고 집중력을 높여준다.

둘째는 감정이다. 감정은 우리에게 가장 막강한 협력자가 될 수도 있지만, 반대로 가장 최악의 적이 될 수도 있다. 자신을 흥분시키는 것과 정서적인 약점이 무엇인지 파악해보라. 그것이 감정을 조절하는 방법이다.

셋째는 참여다. 최고의 성과를 올리려면 그 일에 푹 빠져서 적극적으로 임해야 한다. 내가 지금 하고 있는 일에 열심히 참여하는 것이야말로 집중력을 키우는 가장 좋은 방법이다.

넷째는 체계다. 집중력은 곧 계획에서 비롯되고, 계획은 곧 체계적인 우리의 생각에서 비롯된다. 체계는 우리가 궤도를 벗어나지 않고 나아가는 길에 오롯이 집중할 수 있게 해준다.

다섯째는 제어다. 아무리 좋은 것이 유혹해도 제어하는 능력은 가장 큰 집중력의 핵심이다. 한마디로 정리하면 인생은 집중력 싸움이다.

자기표현 안 되는
공부는 당장 멈춰라

《생각하는 힘, 노자 인문학》

> 남을 아는 사람은 지혜 있는 자이지만
> 자기를 아는 사람이 더욱 명철한 자이다.
> 남을 이기는 사람은 힘이 있는 자이지만
> 자기 스스로를 이기는 사람은 더욱 강한 사람이다.
> – 노자

최근 한국의 인문학은 '열풍'과 '위기'의 두 모습을 보여주고 있다. 아침마다 메일함에는 인문학 강좌를 알리는 안내문이 서너 개씩 들어와 있고, 인기 있는 인문학 강연에는 수많은 사람이 몰려서 몇몇 인문학 강사들은 연예인에 버금갈 정도의 인기를 얻고 있다. 이것만 보면 '인문학 열풍'이 맞다. 하지만 대기업 채용 시장에서 인문계열은 '찬밥 신세'다.

전국경제인연합회의 조사에 따르면, 100위권 기업의 62%가 이공계 출신을 더 많이 뽑고 있다. 인문계열의 낮은 취업률은 인문계열 학과 통폐합이라는 학과 구조조정의 '위기'로 이어지고 있다. 《인문학으로 스펙하라》는 책도 있지만, 인문학이 전혀 스펙이 안 되는 것이 한국 사회의 현실이다.

《생각하는 힘, 노자 인문학》은 '열풍'과 '위기' 사이에 놓여있는 인문학에 대한 방향을 제시하는 나침반 같은 책으로, EBS '인문학 특강'으로 주목을 받았던 서강대학교 철학과 최진석 교수의 강연을 엮은 것이다.

이 책은 노자의 《도덕경》을 단순하게 해석한 책이 아니라 2,500년 전 노자의 사유를 통해서 '인문적 사고의 힘'을 기르는 방법을 설파하고 있다. 저자는 인문학이 단순히 지식을 습득하는 것이 아닌 '인문적'으로 사고할 능력을 길러주어야만 진정한 인문학의 시대가 열리는 것이라고 주장한다.

저자는 우리나라 학생들이 대답은 잘하면서도 질문은 잘하지 못하는 현상을 지적하며 "자기표현이 안 되는 공부는 즉시 끊어야 한다"고 주장한다. 또한 "공부를 멈추고 생각을 시작하라"고 목청껏 외친다. 왜냐하면 내 삶의 진정한 주인이 되는 법은 단순히 지식을 머릿속에 집어넣는 공부에 있는 것이 아니라, 생각하는 힘에서 나오기 때문이다.

'생각하는 힘'이 만든 것이 역사다. 공학자가 배를 만든다면 인문학자는 그 배가 나아갈 방향을 제시한다. EBS '인문학 특강'에서 최진석 교수는 청중에게 세 가지 화두를 던졌다.

"당신은 보편적 이념의 수행자입니까, 자기 꿈의 실현자입니까?" "당신은 바람직함을 지키며 삽니까, 바라는 걸 이루며 삽니까?" "당신은 원 오브 뎀(one of them)입니까, 유일한 자기입니까?" 청중들은 자신들이 전혀 그러한 삶을 살지 못하고 있다는 데 강한 충격을 받았다.

《생각하는 힘, 노자 인문학》은 '자기 꿈의 실현자'가 되기 위해서는 자기 자신에게 집중하고 진정한 삶의 주인이 돼야 한다고 말한다. 자기 자신을 일반명사 속에 함몰되게 방치하지 말고, 고유명사로 살려는 몸부림이 필요하다. 바람직함을 지키며, 바라는 걸 이루며 사는 사람이야말로 유일한 자기의 삶을 사는 '자기 꿈의 실현자'인 것이다.

현재 인문 · 과학 · 예술 분야의 국내 최고 석학들이 모인 인재육성 기관인 '건명원(建明苑)'의 초대 원장을 맡고 있기도 한 저자는 이렇게 말한다.

"자기 삶의 양식이 자기로부터 나오지 않은 삶, 세계와 관계하는 방식이 자기로부터 나오지 않은 삶은 결코 정상일 수 없습니다. 자발적이지 않은 것에는 생명력이 없습니다. 거룩함은 결코 저 멀리 있지 않습니다. 바로 자신이 서 있는 지금, 여기가 거룩함이 등장하는 원초적 토양입니다. 이상적인 삶은 저 멀리 있는 곳에 도달하려는 몸부림이 아니라, 바로 여기서부터 출발하는 착실한 발걸음일 뿐입니다."

나는 걷는다,
고로 철학한다

📖 **이 책은**
걷기, 두 발로 사유하는 철학(원서 : A Philosophy of Walking)
프레데리크 그로 지음 | 이재형 옮김 | 책세상 | 2014년 4월

📖 **같이 읽으면 좋은 책**
나는 걷는다
베르나르 올리비에 지음 | 임수현, 고정아 옮김 | 효형출판

걷기의 철학
크리스토프 라무르 지음 | 고아침 옮김 | 개마고원

느리게 걷는 즐거움
다비드 르 브르통 지음 | 문신원 옮김 | 북라이프

《걷기, 두 발로 사유하는 철학》

나는 걸어 다녀야만 명상을 할 수 있다.
걷기를 멈추면 생각도 함께 중단된다.
내 정신은 반드시 다리와 함께 움직인다.
– 장 자크 루소

인간은 두 발로 걷기 시작하면서부터 인간이 됐다. 걷는다는 행위를 통해서 적극적인 삶을 모색해왔던 인간은 산업화 시대 이후부터 걷기를 멈췄다. 우리는 기차나 자동차 안에서 풍경이 우리에게 다가오는 것을 본다. 빠르게 지나치는 풍경을 본 생기 넘치는 눈은 모든 걸 다 이해했고 하나도 빠짐없이 포착했다고 믿는다. 그러나 과연 그럴까?

우리는 자신의 존재를 과시하려는 듯 더 빨리 가기 위해 안달을 한다. 조급함과 속도가 시간을 가속하면 시간이 더 빨리 지나가고, 하루를 더 짧게 만든다. 그런데도 우리는 빨리빨리 하면서 서두른다. 서두른다는 것, 그것은 곧 여러 가지 일을 동시에 재빠르게 해낸다는 것을 의미한다. 이 일을 한 다음에 저 일을 하고, 다시 다른 일을 하는 것이다. 서두르다 보면 꼭 이것저것 마구 쑤셔 넣어 가득 찬 서랍처럼 시간이 빈틈없이 꽉꽉 채워진다. 그리고 누군가와 접속하기 위해서 안달을 한다. 접속되지 않았다고 해서 세상이 무너지지는 않는다. 접속이 오히려 지나칠 정도로 갑갑하고 숨 막힐 듯한 억눌림을 만들어낸다.

프랑스 파리12대학 철학 교수이자 미셸 푸코 연구자로 잘 알려진 프레데리크 그로(Frédéric Gros)가 쓴 《걷기, 두 발로 사유하는 철학》은 '걷기'라는 인간의 행위에 대한 철학적 의미를 자근자근 들려준다. 그는 걷기를 철학적 행위이자 정신적 경험이라고 보고, 우리에게 걷기를 권한다. 저자는 철학 교수답게 '바람구두'를 신은 랭보, 몽상하는 고독한 산책자 루소, '철학자의 길'을 거닌 칸트, 니체, 벤야민 등 수많은 사상가와 예술가가 어떻게 걷기를 통해서 삶의 지혜를 얻었는가를 보여준다.

그중에서 루소는 "나만의 도보 여행에서만큼 많이 생각하고 많이 존재하고 많이 체험한 적은 결코 없었다. 감히 말하건대, 이 여행에서만큼 나 자신이었던 적은 결코 없었다."고 말할 정도로 걷기 예찬론자였다. 또한 니체는 하루에 여덟 시간까지 걷고 또 걸었으며 《방랑자와 그의 그림자》라는 책을 썼다. 1879년 9월에 쓴 편지에서 니체는 이렇게 밝힌다. "겨우 몇 줄만 빼놓고 전부가 다 길을 걷는 도중에 생각났으며, 여섯 권의 공책에 연필로 휘갈겨 썼다네."

《걷기, 두 발로 사유하는 철학》은 걷는다는 것이 단지 정처 없는 산책이나 외로운 방황인 것만은 아니라고 말한다. 걷다 보면 모든 게 다 논리적으로 되기 때문이다. 두 다리가 잘 버텨주면 걷는 사람은 '바로 이거야'라고 생각한다. 그리고 저 길을 걸어서 저기로 가야만 한다고 생각한다. 사람들은 우리가 방황한다고 생각하지만, 사실은 생각을 이끌고 받쳐주며 자기 생각을 따라가는 것이다. 걷기는 역사 속에서 형태를 갖추며 체계화됐고, 이 형태는 그것의 전개와 기한, 목표를 결정했다.

걷기 위해서는 두 다리만 있으면 된다. 다른 건 일체 필요 없다. 더 빨리 가고 싶다고? 그럼 걷지 말고 다른 걸 하라. 구르든지, 미끄러지든지, 날아라. 걷지 마라. 그러고 나서 중요한 건 오직 하늘의 강렬함, 풍경의 찬란함뿐이다. 걷는 것은 스포츠가 아니다.

느리게 가는 데 걷는 것만큼 좋은 건 일찍이 없었다. 천천히 걸어야 할 날들은 무척 길다. 이런 날들은 걷는 사람을 더 오래 살게 만든다. 매 시간을, 매 분을, 매 초를 억지로 서로 잇고 가득 채우는 대신에 그것들이 숨을 내쉬도록, 더욱 심오해지도록 내버려뒀기 때문이다.

책으로
오감을 일깨워라

《책은 도끼다》

우리가 읽는 책이
우리 머리를 주먹으로 한 대 쳐서
우리를 잠에서 깨우지 않는다면,
도대체 왜 우리가 그 책을 읽는 거지?
책이란 무릇, 우리 안에 있는 꽁꽁 얼어버린 바다를
깨뜨려버리는 도끼가 아니면 안 되는 거야.
– 프란츠 카프카

'나이는 숫자에 불과하다', '잘 자, 내 꿈 꿔!', '그녀의 자전거가 내 가슴 속으로 들어왔다', '2등은 아무도 기억하지 않는다', '넥타이와 청바지는 평등하다', '생각이 에너지다'.

어디서 많이 들어본 소리 아닌가? 한 번쯤은 TV에서 보았을 법한 광고 카피로, 잘나가는 '광고쟁이' 박웅현이 만들었다. 스스로 '인문학으로 광고'하는 광고쟁이를 자처하는 그는 모든 학문은 인문학에서 출발한다고 말한다. 여전히 의학이나 경영학과 같은 실용학문이 위세를 떨치고 있지만 인문학은 실용학문의 근본이 되어야 한다. 그리고 인문학의 출발은 '책 읽기'에서부터 시작된다.

《책은 도끼다》는 '책 들여다보기'라는 주제로 이루어진 박웅현의 강독회를 책으로 엮은 것이다. 제목에서 살벌한 느낌이 들지만 안을 들여다보면 그렇지 않다. 박웅현은 프란츠 카프카의 유명한 소설《변신》의 '저자의 말'에서 이 책의 제목을 취했다.

"우리가 읽는 책이 우리 머리를 주먹으로 한 대 쳐서 우리를 잠에서 깨우지 않는다면, 도대체 왜 우리가 그 책을 읽는 거지? 책이란 무릇, 우리 안에 있는 꽁꽁 얼어버린 바다를 깨뜨려버리는 도끼가 아니면 안 되는 거야."

이 글을 읽는 순간 박웅현은 이마를 쳤다. 그렇다. 책은 무뎌진 우리의 감각을 일깨우는 도끼다. 그 후 그가 읽은 책들은 자신의 얼어붙은 감성을 깨뜨리고 잠자던 세포를 깨우는 도끼가 되어 머릿속에 선명한 도끼 자국을 남겼다. 저자는 광고를 만드는 일을 하면서 일의 90%는 읽고 느끼는 것이라고 말한다. 많이 읽고, 많이 알고, 느끼고 보아야 촌철살인의 광고를 만들 수 있다. 사유의 힘이 없다면 창의력도 없기 때문이다. 알면 보인다. 알면 들린다. 그런데 그 '앎'이라는 게 책 속에 있다.

《책은 도끼다》는 시집부터 인문과학 서적까지 다양한 분야의 책을 깊이 있게 들여다보게 해준다. 이철수, 최인훈, 김훈, 알랭 드 보통, 고은, 카뮈, 밀란 쿤데라, 톨스토이 등 20여 명의 작가와 그들의 40편의 작품을 읽으면서 저자가 밑줄 쫙 긋고 곱씹은 내용이, 텍스트의 감동이 파노라마처럼 펼쳐진다. 또한 이 책은 강의를 그대로 옮긴 구어체로 서술된 형식이라 비교적 쉽게 읽힌다.

이 책의 가장 큰 묘미는 저자만의 독창적이고 참신한 관점을 배우는 데 있다. 이 책의 핵심은 책을 읽는 법이라 할 수 있다. 즉 독법이다. 저자는 많이 읽는 것보다 깊이 있게 읽는 것이 중요하다고 말한다. 그는 '다독 콤플렉스'를 버리라고 한다. 아무리 많이 읽어도 그걸 소화하지 못하고, 체화하지 못한다면 책을 읽는 이유가 없기 때문이다. 그는 말한다.

"제가 책을 읽으면서 계속해서 목표로 삼는 건 온몸이 촉수인 사람이 되는 겁니다. 알랭 드 보통의 책이나 오스카 와일드의 책을 읽고 나면 촉수가 더 예민해지는 것 같아요. 혹은 없던 촉수가 생겨나는 느낌인데요. 세상의 흐름을 하나도 놓치고 싶지 않아요. 그래서 내 인생을 온전하게 살고 싶어요. 오늘의 날씨, 해가 뜨고 비가 오고 바람이 부는 것 하나 흘려보내지 않고, 사람과의 만남도 그냥 지나치지 않았으면 해요."

책에서 무엇을 얻을 것인가? 책이 주는 의미는 무엇인가? 어떻게 정독을 할 것인가? 궁금하다면 이 책을 읽어볼 것을 권한다.

한 장의 그림,
행복을 요리하다

📖 **이 책은**
나를 위로하는 그림 : 나와 온전히 마주하는 그림 한 점의 일상
우지현 지음 | 책이있는풍경 | 2015년 4월

📖 **같이 읽으면 좋은 책**
살면서 쉬웠던 날은 단 하루도 없었다
박광수 지음 | 박광수 그림 | 예담

그림의 힘 : 최상의 리듬을 찾는 내 안의 새로운 변화
김신현 지음 | 8.0(에이드 포인트)

꽃잎이 떨어져도 꽃은 지지 않네 : 법정과 최인호의 산방 대담
법정, 최인호 지음 | 여백

《나를 위로하는 그림》

바깥세상은 우리 마음대로 할 수 없어도
우리 마음은 마음대로 할 수 있다.
이것을 알면 힘이 생길 것이다.
— 마르쿠스 아우렐리우스

'그림 레시피'가 뜨고 있다. '요리 레시피'처럼 요란스럽지는 않지만 잔잔하게 우리의 일상을 파고들고 있다. 우리는 수많은 고통을 감내하면서 살아간다. 이리 치이고 저리 치이지만 되는 일은 하나도 없고, 일도 사랑도 친구도 가족도 모두 마음에 들지 않고 어디론가 달아나고만 싶다. 하지만 우리는 참고 또 참으며 하루하루를 견딘다. 그러던 어느 날, 당신의 발길은 어쩌다가 미술관에 닿고, 아무 대책 없이 한 장의 그림에 빨려 들어간다.

《나를 위로하는 그림》은 나를 멈추게 한 한 장의 그림을 통해 그림이 삶이 되고, 삶이 그림이 되는 시간을 갖게 한다. 아름다운 그림을 마주하는 것만으로도 우리는 자신을 돌아보고 삶에서 좀 더 행복해질 기회를 얻게 된다. 좋은 그림은 오랜 세월의 검증을 거쳐 '명화'라는 이름을 얻었다. 이 명화들은 이미 전 세계 사람들의 희로애락의 순간들을 어루만져주며 우리와 함께했다. 그런 그림을 들여다보면 마음속 위대한 비밀 장소가 나타나고 그곳에서 슬픔을 세탁하게 된다. 그림은 마음 구석구석의 상처와 아픔을 보듬어주는 힘을 지니고 있다. 당신은 그림을 통해서 진짜 내 마음을 들여다본 적이 있는가?

이 책은 '그림 레시피'가 가능하다는 것을 보여준다. 마음에 드는 그림을 들여다보면 스트레스가 줄어든다. 스트레스가 줄어들면 집중력이 높아지고 집중력은 창조성으로 이어진다. 그렇다고 그림 한 장이 인생에 대한 해답을 알려주거나 대안을 제시해주지는 않는다. 당신은 한 장의 그림을 통해서 따뜻한 커피 한 잔의 여유를 얻고, 영혼을 감싸는 소울 푸드에 심취하면서 나의 그림을 꿈꾸고 내 꿈을 그리면 족한 것이다.

가령, 커피 향이 그윽하게 다가오는 비 오는 날이면 떠오르는 그림이 있다. 바로 이탈리아의 화가 빈센초 이로리의 〈창가에서〉다. 비 오는 날에 커피를 마시는 여인을 그린 것인데, 고요하면서도 생기 넘치는 분위기가 느껴지는 작품이다. 이 그림을 떠올리며 한 잔의 커피를 마시면서 창밖을 내다보노라면 그림 속 여인과 당신은 어쩔 도리 없이 하나로 녹아버리게 될 것이다.

미국의 사실주의 화가 에드워드 호퍼는 도시인의 고독한 모습을 유난히도 많이 그렸다. 호퍼가 그린 도시 풍경에는 현대인이라면 누구나 한 번쯤 느껴봤을 법한 고독이 담겨 있다. 그중 〈오전 11시〉는 현대인의 쓸쓸한 아침을 담담하게 그리고 있다. 여인의 베이지색 외투가 의자에 대충 걸려 있고, 검은색 구두를 신고 있는 것으로 보아 출근하려다 순간 포기하고 소파에 풀썩 주저앉은 것만 같다. 출근하기에는 너무 늦은 시간, 진공에 가까운 고요 속에서 그림 속의 여인은 살짝 건드리기만 해도 통째로 부서져 내릴 것처럼 위태롭다. 이런 날에는 무작정 길을 걷는 것이 좋다. 발길 닿는 대로 걷다 보면 복잡한 생각들이 절로 사라진다.

니체는 "진정 위대한 생각은 걷기로부터 나온다"고 말했다. 걷는 일은 사유와 명상, 자유와 기쁨, 위로와 용기의 원천이 된다. 천천히 아주 천천히 그 발길을 미술관으로 향하게 한다면 당신은 이중의 효과를 얻을 수 있다.

프랑스의 인상주의 화가 에드가 드가의 〈미술관 방문〉은 마음에 드는 한 작품에 몰입한 두 여인의 모습이 담겨 있다. 전시장 곳곳에서 관람객들이 나누는 말소리와 웃음소리가 들려오는 듯하다.

이렇듯 저자는 그림을 보여주고 자신이 느꼈던 바를 담담히 풀어냈다. 의식적인 위로도 고상한 격려도 아니다. 그저 우리가 늘 끌어안고 살아가는 마음의 복잡한 질곡을 결 따라 보여줄 뿐이다. 그 속에서 독자들은 자연스럽게 토닥여짐을 느끼고, 이 고독이 나만의 것이 아님을 알게 된다. 의미 없는 술 한잔을 기울이기보다 이 책 한 권을 읽음이 어떠한가.

피할 수 없는 죽음,
가치 있는 선택은?

《어떻게 죽을 것인가》

이 세상에서 죽음만큼 확실한 것은 없다.
그런데 사람들은 겨우살이는 준비하면서도
죽음은 준비하지 않는다.
— 톨스토이

현재 우리나라의 평균 수명은 남성이 약 79세, 여성이 83세 정도로, 앞으로는 100세 시대를 맞아하게 될 것이라는 전망이 쏟아지고 있다. 그런데 오래 살게 됐다고 좋기만 한 것일까? 길어진 평균 수명이 그리 달갑잖게 느껴질 때가 많다. 경제적으로 여유 있고 건강하기만 하다면 더할 나위 없이 좋겠지만, 노년의 삶이 반드시 그렇지만은 않기 때문이다. 우선 60세 정도에 은퇴를 하게 되면 할 일이 별로 없다. 일이 없어지면 수입도 끊기게 마련인데 그때부터 몸도 아프기 시작하고 자식들도 떠나간다. 황혼이혼을 하거나 배우자가 먼저 세상을 떠나고 나면 엄청난 고독이 엄습해온다.

《어떻게 죽을 것인가》는 현대인이 경험하는 죽음에 관한 내용을 담고 있다. 이 책은 나이 들어 죽음을 맞이해야 하는 존재라는 게 어떤 건지를 적나라하게 보여준다. 하버드 의과대학의 보건대학 교수로 있는 저자 아툴 가완디(Atul Gawande)는 의사이면서도 《타임》지가 선정한 '세계에서 가장 영향력 있는 사상가 100인'에 이름을 올릴 정도로 현대 의학과 인간의 삶에 대한 문제의식을 끊임없이 제기해온 우리 시대 최고의 지성이다. 저자는 외과 전공의 과정 1년차부터 글을 쓰기 시작해서 오늘날까지 자신의 임상경험을 적은 《나는 고백한다, 현대의학을》, 《닥터, 좋은 의사를 말하다》 등의 베스트셀러를 펴냄으로써 저술가로서 확고한 입지를 다졌다.

이 책에서 저자는 그동안 현대의학은 생명을 연장하고 질병을 공격적으로 치료하는 데 집중해왔지만, 정작 의학은 길어진 노년의 삶을 구원하지 못하고 있다고 말한다. 과거에는 노인이 되면 집안의 우두머리로서 지위와 권위를 유지하며 살 수 있었지만, 오늘날에는 수많은 노인들이 삶에 대한 주도권을 잃어버리고 살고 있다. 문제는 이때부터 발생한다. 나이가 들면서 건강한 몸을 지탱해오던 신체의 체계가 무너지기 시작하기 때문이다. 유전자와 세포와 살과 뼈가 가진 한계가 적나라하게 드러나는 시기가 도래한 탓이다. 그 과정은 점차적이면서도 가차 없이 진행된다.

저자는 '혼자 설 수 없는 순간이 찾아온다' '모든 것은 결국 허물어지게 마련이다' '치료만이 전부가 아니다' '누구나 마지막까지 가치 있는 삶을 살고 싶어한다' '두렵지만 꼭 나눠야 하는 이야기들' 등 매 장마다 최근의 사례를 인용하면서, 죽음에 대처하는 우리의 자세에 대해 성찰하도록 만든다.

또한 인간의 삶을 행복하게 만들어야 할 의학이 삶을 어떻게 변화시키고 또 변화시키지 못했는지, 그리고 우리가 유한성에 대처하기 위해 생각해낸 방법이 현실을 어떻게 왜곡시켰는지를 성찰하게 한다.

무엇보다도 필요한 것은 '삶에는 끝이 있다'는 사실을 겸허하게 받아들이는 지혜와 용기다. 그런데 이런 용기를 모두 가질 수는 없다. 용기를 가진 사람은 축복받은 사람이라 할 수 있다. 어떻게 사느냐가 중요한 것이 아니라 어떻게 죽느냐가 중요한 시대가 됐기 때문이다.

우리는
완전히 속고 살고 있다

📖 **이 책은**

누가 내 생각을 움직이는가 : 일상을 지배하는 교묘한 선택의 함정들(원서 : Eyes Wide Open)

노리나 허츠 지음 | 이은경 옮김 | 비즈니스북스 | 2014년 5월

📖 **같이 읽으면 좋은 책**

대가의 조언 : 저절로 탁월한 선택을 하게 해주는 실천 지침

존 해먼드, 랄프 키니, 하워드 라이파 지음 | 조철선 옮김 | 전략시티

숲에게 길을 묻다 : 희망, 더 아름다운 삶을 찾는 당신을 위한 생태적 자기경영법

김용규 지음 | 비아북

하워드의 선물 : 인생의 전환점에서 만난 필생의 가르침

에릭 시노웨이, 메릴 미도우 지음 | 김명철, 유지연 옮김 | 위즈덤하우스

《누가 내 생각을 움직이는가》

더 이상 의심할 것이 없을 때까지 의심하라.
의심은 생각이고 생각이 곧 인생이다.
의심을 품지 못하게 하는 체제는
생각을 마비시키는 장치이다.
– 알버트 게랄드

영국의 유력지《가디언》이 '영국 최고의 지성'으로 선정한 여성학자 노리나 허츠(Noreena Hertz)가 평소 우리의 선택과 결정이 얼마나 오류투성이며 합리적이지 못한지를 설득력 있게 풀어낸 책을 냈다. 바로《누가 내 생각을 움직이는가》이다.

지난 20년간 경제 예측 분야에서 탁월한 연구업적을 남긴 저자는 이책에서 스마트한 시대, 빅데이터의 시대에 왜 우리 선택이 실패하는가를 치열하게 추적하고 세상을 움직이는 거짓 세력의 전모를 밝혀내고 있다.

《누가 내 생각을 움직이는가》를 읽다 보면 정보가 많고 지식이 넘쳐나는 21세기에 들어서 현대인은 오히려 판단력이 희미해지고 사고의 결정력이 떨어지고 있다는 사실에 놀라게 된다.

당신은 의사가 여섯 번 중 한 번은 오진을 하고 있다는 사실을 알고 있는가? 뮤추얼펀드 매니저의 70%가 시장 수익률보다 낮은 실적을 내고 있다는 사실은? 전문가들은 특히 장래를 점치는 일에 관한 한 자주 실수를 한다. 이들은 1973년 석유 파동, 구 소련의 몰락, 9·11 테러, 아랍의 봄에 이르기까지 지난 50년간 일어난 중대한 사건들을 예측하지 못했다.

사람들은 똑똑한 생각을 하고 있다고 스스로 자부하지만 대부분 멍청한 결정을 내린다. 시민들은 진실을 말하지만 정부는 거짓말만 한다. 왜? 정부는 자본의 힘에 휘둘리고 있고 돈에 팔려나간 지식은 객관성을 잃었기 때문이다. 반짝인다고 해서 다 중요한 것은 아니다. 누군가 당신의 생각을 조종하고 있다는 정황이 적나라하게 드러나 있는 이 책을 읽다 보면 섬뜩해지고 씁쓸해지기도 한다.

생각의 속도를 넘어선 데이터 홍수와 인터넷 발달은 아는 것은 많아도 스스로 생각할 줄 모르는 '똑똑한 바보'들을 양산해냈고, 우리는 언제부터인가 '스스로 생각'하는 방법을 잊어버렸다. 터무니없는 이야기가 아니다. 현대의 리더에 속하는 사람은 하루에도 무려 1만 가지에 이르는 크고 작은 결정을 내려야 할 때가 많다.

《누가 내 생각을 움직이는가》를 읽다 보면 내가 내린 결정이 과연 내가 생각한 고뇌의 결과물일까 하는 의구심이 문득 일어난다. 저자는

"방금 당신이 내린 그 결정은 정말 당신의 '생각'에서 비롯된 것인가?"를 묻고 있다. 그리고 더 나은 선택, 더 현명한 결정을 위한 열 가지 생각 도구를 제시하고 있다.

이 책은 '왜 우리의 선택은 늘 완벽하지 못할까?'를 묻는다. 또한 당신의 결정이 착각하는 것들을 묻는다. 내 생각은 누구로부터 나온 것인가를 묻는 대목에 이르면 압권이란 생각이 든다. 때로는 일상의 지혜와 경험이 전문가를 능가한다.

이 시대 가장 통찰력 있는 학자가 제시하는 최선의 방법은 잘못된 선택의 함정에 빠지지 않는 법을 깨우치는 일이다. 속고 살지 않으려면 몸과 마음의 소리에 귀를 기울여야 한다. 스스로의 생각과 결정을 절대 빼앗겨서는 안 된다. 내 생각은 누구로부터 나온 것인가? 현명한 선택을 위한 생존 기술을 연마해야 한다. 우리는 완전히 속고 살고 있다는 자각을 하고, 의심하고 의심할 일이다.

디지털미디어는 세상을 어떻게 변화시켰는가?

📖 **이 책은**

생각이 사라지는 사회 : 한국의 디지털 아노미 현상

이정춘 지음 | 청림출판 | 2014년 12월

📖 **같이 읽으면 좋은 책**

스마트한 생각들 : 사람의 마음을 움직이는 52가지 심리법칙

롤프 도벨리 지음 | 비르기트 랑 그림 | 두행숙 옮김 | 걷는나무

스마트한 선택들 : 후회 없는 결정을 하기 위해 꼭 알아야 할 52가지 심리 법칙

롤프 도벨리 지음 | 엘 보초, 시몬 슈텔레 그림 | 두행숙 옮김 | 걷는나무

거꾸로 생각해 봐! 세상이 많이 달라 보일걸

홍세화, 우석훈, 강수돌, 강양구, 우석균, 이상대, 김수연, 박기범 지음 | 낮은산

《생각이 사라지는 사회》

오늘날 우리는 디지털미디어가
우리의 행동 방식과 지각, 감정, 사고, 사회생활을
어떻게 변화시키는지를 파악하지 못한 채
디지털미디어에 도취해 있다.
– 이정춘

컴퓨터, 인터넷, 스마트폰 등 다양한 정보화 기기는 삶의 방식을 송두리째 바꿔 놓았다. 사람들은 어디를 가도 스마트폰과 쉼 없이 소통을 한다. 버스나 지하철에서, 심지어는 길을 걸으면서도 스마트폰과 대화를 나눈다. 사람들은 이러한 디지털 기술이 모든 것을 구현해주고 있다고 믿고 있다.

그런데 과연 우리는 얼마나 더 똑똑해지고 얼마나 더 행복해졌는가? 《생각이 사라지는 사회》는 인간은 오히려 더 멍청해졌고 행복해지지도 못했다고 진단하고 있다.

이 책의 저자 이정춘은 미디어 생태학을 연구하는 학자로서 인터넷의 단문 정보나 TV 영상물의 범람으로 인간 사회는 거대 담론이 실종되고 우민화 사회로 전락해가고 있다고 비판하고 있다.

오늘날 인터넷의 보편화로 사람들은 인터넷을 '외부기억은행'으로 간주하면서 정보나 지식은 기억하려고 하지도 않고 자판만 두드리고 있기 때문에 '기억회상능력'이 현저히 떨어지고 있다. 웹사이트 탐색으로 보내는 시간이 책 읽기가 수반하는 명상과 사색의 시간을 몰아냈고, 지적 활동에 쓰이던 우리의 뇌 회로를 해체시키고 있는 까닭이다.

실제로 몇 년 전, 서울 지역 5개 초등학교 4학년 학생 107명을 대상으로 학습능력과 의사소통능력을 조사한 결과, 절반에 가까운 52명이 주어진 지문의 내용을 이해하지 못했고, 문법에 맞는 문장을 제대로 쓰지 못했으며, 심지어 옳고 그름을 판단하는 비판적 사고력도 부족하다는 충격적 결과가 나왔다. 이른바 '활자이탈세대'가 등장한 것이다.

컴퓨터, 인터넷, 스마트폰 같은 디지털 기술의 공통된 속성은 '빠름'이다. 사람들은 무엇을 위해 그 일을 하는지 생각하지 않고 그 '빠름'의 경쟁 속으로 뛰어든다.

그러면서 스마트 시대를 살아가는 우리들은 엄청난 양의 정보를 다루기 때문에 실제로는 어리석으면서도 스스로는 많은 지식을 갖췄다고 착각하며 살아가고 있다. 스마트폰 중독에 빠져 있는 사람일수록 가족의 전화번호조차 외우고 있지 못한 경우가 허다하다.

일찍이 공자는 《논어》에서 "배우되 생각하지 않으면 지식을 무질서하게 쌓아두는 것에 지나지 않고, 반면 생각만 하고 배우지 않으면 보편적 지식이 결여된 독선적 자기견해만 형성하게 된다."고 경고했다.

그래서 선진국들은 종이책의 종말을 예고하는 디지털 시대에도 지속적으로 독서운동을 벌여나가고 있다. 선진국들은 유아기부터 책과 친숙해질 수 있는 '북스타트' 운동을 서둘러 도입하고 있다. 빌 게이츠는 "하버드대학 졸업장보다 중요한 것은 책 읽는 습관이었다"고 말했다. 독서하는 습관은 대부분 후천적으로 길러진다.

최근 일본에서는《십 대의 독서량이 일생을 바꾼다》라는 책이 베스트에 올라 있다. 독서만큼 인간의 사고력과 심성을 가꾸어주는 수단이 없다는 것을 깨닫게 된다면 우리는 생각이 사라지는 사회를 마주하지 않게 될 것이다.

PART 2

자아 편

관점을 바꾸면
인생이 바뀐다

📖 **이 책은**
프레임 : 나를 바꾸는 심리학의 지혜
최인철 지음 | 21세기북스 | 2007년 6월

📖 **같이 읽으면 좋은 책**
스눕 : 상대를 꿰뚫어보는 힘
샘 고슬링 지음 | 김선아 옮김 | 황상민 감수 | 한국경제신문사
더 트루스 : 진실을 읽는 관계의 기술
메리앤 커린지 지음 | 황선영, 조병학 옮김 | 인사이트앤뷰
나를 찾아 떠나는 자기분석여행
에노모토 히로아키 지음 | 신정길, 이영희, 박선영 옮김 | 시그마북스

《프레임》

프레임은 세상을 바라보는 마음의 창이다.
프레임은 특정한 방향으로 세상을 보도록
이끄는 조력자의 역할을 하지만,
동시에 우리가 보는 세상을 제한하는 검열관의 역할도 한다.
– 최인철

'프레임'은 흔히 창문이나 액자의 틀, 혹은 안경테를 뜻한다. 이 모든 것
은 어떤 대상을 바라보는 틀이라는 점에서 공통점이 있다. 한편 아는 만
큼 보인다는 말이 의미하는 것은 무엇일까? 우리는 세상을 있는 그대로
보는 것 같지만 그렇지가 않다. 다른 사람에게는 보이는데 내 눈에는 보
이지 않는 것은 왜일까? 심리학에서는 이를 보고 싶은 것만 보고자 하
는 욕망 때문이라고 한다. 즉 자기만의 프레임에 갇혀 있는 것이다.

《프레임》은 동일한 장면을 대하고도 작가들마다 찍어낸 사진이 다른
이유는 그들이 사용한 프레임이 각기 다르기 때문이라고 설명한다. 이

책의 저자 최인철은 서울대 심리학과 교수로, 그의 강의는 2005년《동아일보》에 서울대학교 3대 명강의 중 하나로 소개되기도 했다. 저자는 보는 방식을 조금만 바꾸면 자신을 바꾸고 인생의 깊이를 깨닫게 되며 지혜로운 삶을 살 수 있다고 여러 실험 사례를 들어 이야기를 풀어나간다.

미국 코넬대학교 심리학과 연구팀은 1992년 하계 올림픽에서 23명의 은메달리스트와 18명의 동메달리스트의 행복 점수를 체크했다. 메달이 결정되는 순간에 이들의 감정이 '비통'에 가까운지 '환희'에 가까운지 10점 만점으로 점수를 매기게 한 것이다. 놀랍게도 동메달리스트의 행복 점수는 10점 만점에 7.1점으로 나타난 반면, 은메달리스트의 행복 점수는 고작 4.8점에 그쳤다. 이 같은 결과는 은메달리스트는 금메달을 놓친 아쉬움에 잠겨 있는 반면, 동메달리스트는 자칫 잘못했으면 메달을 따지 못했을 수도 있기에 메달을 땄다는 사실만으로도 만족도가 높기 때문이다.

프레임으로 보는 세상은 이렇게 다른 것이다. 프레임은 삶과 죽음을 결정하기도 하고, 당신의 행복을 결정하기도 한다. 당신은 어떤 프레임 속에 갇혀 있는가? 아무리 훌륭한 인품을 지닌 사람이라도 자기만의 프레임을 지니지 않을 수 없다. 그것은 인간 존재의 한계이기도 하기 때문이다. 그래서 저자는 프레임으로 인한 마음의 한계에 직면할 때 경험하게 되는 절대 겸손, 이것이 지혜의 출발점이라고 강조하고 있다.

그러면서 지혜로운 사람으로 만드는 열 가지 프레임을 제시하고 있다. 첫째, 의미 중심의 프레임을 가져라. 둘째, 자기 방어에 집착하지 말고 자기 밖의 세상을 향해 접근하라. 셋째, '지금 여기'의 프레임으로 현재의 순간을 충분히 음미하고 즐겨라. 넷째, 비교 프레임을 버려라. 세상을 바라보는 창이 '남들과의 단순한 비교'가 되어서는 안 된다. 다섯째, 긍정적인 언어를 선택하라. 여섯째, 당신이 닮고 싶은 좋은 이야기를 가져라. 일곱째, 주변의 물건들을 바꿔라. 주변 물건들을 적절히 선택하고 배치하는 것은 인테리어 차원을 넘어서는 마인드 디자인이기 때문이다. 여덟째, 체험의 프레임으로 소비하라. 행복은 소유 자체를 위한 소비보다는 경험을 위한 소비를 했을 때 더 크게 다가온다. 아홉째, '어디서'가 아닌 '누구와'의 프레임을 가져라. 많은 심리학 연구들은 행복이 '어디서'의 문제가 아니라 '누구와'의 문제임을 분명하게 밝혀주고 있다. 열째, 위대한 반복의 프레임을 실천하라. 성취는 어떤 영역이든 '중단 없는 노력'에 의해 이루어진다.

"지혜는 한계를 인정하는 것이다." 이것이 바로 저자가 내린 지혜에 대한 정의다. 지혜란 자신이 아는 것과 알지 못하는 것, 할 수 있는 것과 할 수 없는 것 사이의 경계를 인식하는 데서부터 출발한다.

행복학 권위자들이
말하는 행복의 정의

📖 **이 책은**

세상 모든 행복 : 세계 100명의 학자들이 1000개의 단어로 행복을 말하다(원서 : The World Book of Happiness)

레오 보만스 지음 | 노지양 옮김 | 서은국 감수 | 흐름출판 | 2012년 5월

📖 **같이 읽으면 좋은 책**

행복에 걸려 비틀거리다

대니얼 길버트 지음 | 서은국, 최인철, 김미정 옮김 | 김영사

행복의 기원 : 인간의 행복은 어디서 오는가

서은국 지음 | 21세기북스

마틴 셀리그만의 긍정심리학

마틴 셀리그만 지음 | 김인자, 우문식 옮김 | 물푸레

《세상 모든 행복》

내일에 대해서는 아무것도 모른다.
우리가 할 일은 오늘이 좋은 날이며,
오늘이 행복한 날이 되게 하는 것이다.
— 시드니 스미스

아마 행복해지고 싶지 않은 사람은 없을 것이다. 《세상 모든 행복》이라는 책은 겉표지부터 세상의 모든 행복이 다 내게 올 것 같은 아름답고 고급스러운 디자인을 하고 있다.

이 책을 쓴 레오 보만스(Leo Bormans)는 벨기에에서 태어나, 대학에서 언어와 철학을 공부한 저널리스트로, 1990년 교육잡지 《클라세》를 창간했다. 20여 년간 《클라세》의 편집장으로 일하면서 그는 '행복 전도사'라는 별명이 생길 정도로 행복에 천착했다.

그러던 중 그는 전 세계 행복학 권위자들에게 '행복이란 무엇인가',

'행복은 어디에서 오는가', '행복을 어떻게 찾는가'를 질문하고 그들의 대답을 모아 한 권의 책으로 만드는 프로젝트를 기획했다.

레오 보만스는 프로젝트 진행을 위해 우선 '세계 행복 데이터베이스' 웹사이트에 수록된 8,000여 건의 논문을 일일이 검토하여 전 세계 50개국 100명의 학자들을 엄선했다. 세계적인 심리학자, 사회학자, 경제학자, 정치학자 그리고 OECD나 유럽연합의 행복 정책 수립을 담당했던 전문인들이 필진으로 선정되었다. 그리고 이들이 '행복'을 주제로 쓴 100편의 글들이 모여 《세상 모든 행복》이 탄생하게 되었다.

이 책은 2010년, 처음 네덜란드에서 출간된 이후 미국과 중국, 독일, 프랑스 등 각국에서 베스트셀러에 올랐다. 책도 두껍고 100가지 이야기를 다 읽으려면 시간이 많이 걸릴 것이라 여겨지지만, 마음에 와 닿는 일러스트와 사진, 여백 그리고 에피소드 하나하나가 다 깨달음을 주는 탓에 쉽고 재미있게 읽힌다.

그것은 레오 보만스가 전 세계 학자들에게 1,000개 정도의 단어로 행복을 쉽게 정의해달라고 부탁하여, 간결하면서도 사실적인 행복론을 종합해낸 덕분이다.

《세상 모든 행복》에는 '행복'의 무수한 선택지들이 자신들의 방을 꾸미고 있다. 이 책의 필진 중에는 우리나라 저자도 있는데, 바로 연세대 심리학과 서은국 교수다. 그는 〈세 가지 결정적 조건〉이란 제목으로 행복해지기 위해 세 가지 조건이 필요하다고 말하고 있다. 즉 '타고난 기질'과 '풍부한 인간관계', 그리고 '자신만의 공간'이다.

그는 우선 타고난 기질은 스스로 인정하고 받아들여야 한다고 말한다. 그리고 그 속에서 좀 더 행복한 사람들의 삶의 모습을 모방해보는 것이 중요하다. 또한 풍부한 인간관계도 중요한데, 이는 재미와 가치를 느낄 수 있는 사람과의 좋은 만남을 말한다. 이것이 행복과 직결되기 때문이다.

한편 돈은 행복을 추구하는 하나의 수단으로서, 목적이 되어서는 안 된다. 하지만 배금주의나 물질주의는 모두 인간을 경제적 가치로 상대화시켜버린다. 따라서 물질주의의 만연과 행복의 기본 전제인 풍부한 인간관계는 반비례 관계가 될 수밖에 없다. 이것이 바로 우리 사회가 행복하지 못한 근본 원인 중 하나다.

이 책의 가치는 행복에 대한 진지한 사색들이 도처에 숨어서 빛을 발하고 있다는 점에 있다. 학자들은 '자율성, 사랑, 대인관계'만큼 행복을 가져다주는 것이 없다고 한다. 즉 가족, 친구, 연인, 이웃과의 관계성이 삶의 의미를 풍부하게 해준다는 말이다.

이것은 유대감, 사회적 연대감이 우리의 삶에 있어 얼마나 중요한 요소인지를 확인케 한다. 우리는 이 책을 통해, 학자들이 행복을 이렇게 정의한다는 사실을 단편적으로만 이해할 것이 아니라, 행복을 이렇게 받아들여야 한다는 진실을 마음 깊이 새길 필요가 있다.

꿈꾸는 자만이
꿈을 이룰 수 있다

《꿈이 없는 놈 꿈만 꾸는 놈 꿈을 이루는 놈》

미래를 창조하기에 꿈만큼 좋은 것은 없다.
오늘의 유토피아가 내일 현실이 될 수 있다.
— 빅토르 위고

《꿈이 없는 놈 꿈만 꾸는 놈 꿈을 이루는 놈》은 제목만큼이나 재미있는 책이다. 우선 저자의 이력부터가 다채롭다. 저자 정진일은 10년마다 새로운 꿈을 꾸고, 그 꿈을 이루는 남자다. 20대에는 비보이로 춤을 추다가, 30대에는 공무원으로 일하고, 40대에는 또다시 직업을 바꿔 전문 강사로 활동하며 전국을 누비고 있다.

이 책에는 저자가 10년마다 전혀 다른 분야에 뛰어들어 자신의 꿈을 이루어나간 경험담과 50대 이후부터 80대까지 그가 이루어갈 꿈들이 10년 단위로 일곱 가지 무지개 색으로 그려져 있다.

"남들은 꿈 하나를 이루기도 벅찬데 어떻게 10년마다 직업을 바꾸는 게 가능해요?"

저자가 강연을 다니다 보면 늘 받게 되는 질문인데, 여기에 '누구든 가능하다'고 대답하면 사람들은 쉽게 믿지 않는다고 한다. 20대에는 비보이, 30대에는 공무원, 40대에는 강사……. 얼핏 보면 공통점이 없어 보이는 행보이기에 더욱 믿기 어려운 것일지도 모른다.

하지만 저자가 걸어온 길을 자세히 들여다보면 그는 직업으로서 춤을 추지는 않았지만, 공무원이 되어서도 춤을 놓지 않았다. 그리고 이러한 춤 실력은 그가 이후에 강사가 되었을 때 큰 도움이 되었다. 청중들이 산만해질 때 춤을 이용해 몰입시킴으로써 '춤추는 강사'로서 명성을 떨치게 된 것이다.

이 책은 꿈의 중요성을 언급하면서, 꿈을 어떻게 키우고 관리해야 그 꿈을 이룰 수 있는지 다양한 사례를 들어 알려주고 있다. 저자는 함께 꾸는 꿈이 세상을 변화시킨다고 강조한다. 그리고 혼자보다 함께 꿈꿀 때 더 행복하다고 말한다.

그러면서 저자는 아내의 꿈부터 바꿔 나갔다. "당신은 꿈이 뭐야?"라고 저자가 묻자, 아내는 "꿈? 나야 아이들 건강하게 잘 키우는 게 꿈이지."라고 답한다. 하지만 저자가 또다시 "그런 거 말고, 자신을 위한 꿈이 뭐냐고. 하고 싶었던 거, 하면 신 나게 잘할 수 있을 것 같은 거 없어?"라고 묻자, 아내는 조금 당황한 듯했다.

사실 아내의 꿈은 어렸을 때부터 선생님이 되는 것이었다. 저자는 세 아이의 엄마인 아내에게 그 꿈을 불어넣어 주었다. 아내는 곧바로 편입 준비에 돌입했고, 당당하게 교육대학교에 합격했다. 불가능하리라 생각했던 교대 편입에 성공하자 아내는 자신감이 붙었다. 아이를 키우면서 학교를 다닌다는 게 결코 쉬운 일은 아니었지만 아내는 해냈고 졸업과 동시에 임용고시까지 합격했다.

누구든 꿈을 꾸고 이룰 수 있다는 것을 아내가 증명해 보인 것이다. 꿈을 알리고 나누면 더 빨리 이룬다. 저자는 말한다.

"나이가 들었을 때의 모습은 사람마다 다르다. 어떤 사람은 백발이 성성한데도 청년 같은 기개가 넘치고 활기차게 삶을 산다. 반면 어떤 사람은 특별히 아픈 데도 없어 보이고, 그렇게 나이가 많은 것도 아닌데 세상 다 살았다는 듯이 무기력하게 하루하루를 보낸다. 그 차이를 만드는 것이 바로 꿈이다."

나를 설레게 하는
'단' 하나에 집중하라

📖 **이 책은**
단 : 버리고, 세우고, 지키기
이지훈 지음 | 문학동네 | 2015년 1월

📖 **같이 읽으면 좋은 책**
혼창통 : 당신은 이 셋을 가졌는가?
이지훈 지음 | 쌤앤파커스

장하준의 경제학 강의 : 지금 우리를 위한 새로운 경제학 교과서
장하준 지음 | 김희정 옮김 | 부키

문화와 경제의 행복한 만남 : 위기의 한국경제, 문화로 돌파하라
이철환 지음 | 나무발전소

《단(單)》

> 단순함은 복잡한 것보다 더 어렵다.
> 생각을 명확히 하고 단순하게 만들려면
> 열심히 노력해야 한다.
> 하지만 그럴 가치는 충분히 있다.
> 일단 생각을 명확하고 단순하게 하면
> 산도 움직일 수 있다.
> – 스티브 잡스

오늘날 세상은 공급 과잉, 정보 과잉의 시대다. 슈퍼마켓에 가 보라. 한 조사에 따르면 10년 전 4,000여 종이었던 취급 상품이 지금은 4만 5,000종에 달한다고 한다. 소비자는 라면 하나, 샴푸 하나를 사면서 무엇을 골라야 할지 망설이게 된다. 업체에서는 여러 가지 기능을 내세우며 차별성을 강조하지만, 소비자의 입장에서는 이러한 풍요로움이 즐겁기보다는 혼란스럽게 느껴진다. 이뿐만이 아니다. 인터넷 공간에서 넘쳐나는 정보는 어떤가? 너무 많은 정보는 쓰레기에 가깝다.

《단》은 이처럼 복잡한 세상 속에서 진짜 중요한 것을 놓치지 않기 위해 '단순화'라는 메시지를 던지는 책이다. 저자 이지훈은 복잡하고 모든 것이 과잉인 시대에서 살아남기 위한 방법으로 '단(單)'을 제시한다. 베스트셀러 《혼창통》의 저자이자, 《조선일보》 경제부 기자이며 《위클리비즈》의 편집장이기도 한 그는 세상의 복잡함을 극복하기 위한 공식으로 다음 세 가지를 제시한다.

첫째, 버려라. 중요한 것을 위해 덜 중요한 것을 버리는 것, '더 많이' 버리고 핵심에 집중하는 것, 이것이 단순함의 첫 번째 공식이다.

둘째, 세워라. 왜 일해야 하는지 사명을 세우고, 내가 누구인지 정체성을 세우고, 어디로 가야 할지 길을 세워야 한다. 그래야 쉽게 흔들리지 않고 올곧게 단순함을 추구할 수 있다.

셋째, 지켜라. 단순함을 구축했으면 어떤 유혹과 고난에도 굴하지 않고 오래도록 지켜야 한다. 단순함의 핵심은 지속 가능에 달려 있다. 단기간의 구호나 전략에 지나지 않는 단순함은 힘을 발휘하지 못한다. 그렇기에 지킴은 단순함의 세 번째 공식이자 마침표이기도 하다.

'단'은 누구도 넘볼 수 없는 독보의 자리에 오르는 단 하나의 방법이다. 이기려면 우선 버려야 한다. 스티브 잡스는 "단순함이야말로 궁극적인 차원의 정교함"이라고 강조했다. 또한 세계 최대 기업 중 하나인 GE의 제프리 이멜트 회장은 2014년 3월 주주들에게 보낸 연차 보고서에서 "GE의 진보는 단순화를 통해 더 강력해질 것"이라며 그해 화두로 '단순화'를 내걸었다. 저자가 가장 중요하게 생각하는 '버리기'의 원칙은 노자가 말한 '대교약졸(大巧若拙)'이다. 큰 재주는 오히려 서툴러 보인다는 뜻이다.

그렇다고 버리는 것만이 능사는 아니다. 버리고 남는 것을 제대로 세워야 한다. '세우기'가 없다면 버리는 것 자체로 끝나는 인생이 되고 만다. 단순함을 찾고 그것을 이룩할 진정한 목표를 세우는 데 성공한다면 당신이 할 일은 이제부터 그것을 지키는 일이다.

중요한 것을 위해 덜 중요한 것을 버리는 것, 내가 누구인지 정체성을 세우고, 어디로 가야 할지 길을 세우는 것, 그리고 어떤 유혹과 고난에도 굴하지 않고 오래도록 지켜 내는 것에 성공한다면 그것이 진정한 성공이다.

단의 공식은 개인의 차원, 기업의 차원, 전 지구적 차원에서 적용시켜 나갈 수 있다. 저자는 성공한 사람, 성공한 기업은 자신의 정체성을 끝까지 지키는 공통점을 갖고 있다고 말한다.

서비스가 너무 많고 복잡해서 소비자의 선택권이 침해받고 있는 오늘날의 상황에서 《단》이 제시하는 공식은 모든 이가 참고해야만 할 화두가 아닐 수 없다. 당신을 설레게 하는 '단' 하나에 집중하라!

성공한 여성들이 밝히는
자신감의 본질

📖 **이 책은**
나는 오늘부터 나를 믿기로 했다 : 자신이 없어서 늘 손해만 보는 당신에게(원서 : The Confidence Code)

케티 케이, 클레어 시프먼 지음 | 엄성수 옮김 | 위너스북 | 2014년 9월

📖 **같이 읽으면 좋은 책**
지지 않는 청춘
이케다 다이사쿠 지음 | 조선뉴스프레스

하버드 새벽 4시 반 : 최고의 대학이 청춘에게 들려주는 성공 습관
웨이슈잉 지음 | 이정은 옮김 | 라이스메이커

그림의 힘 : 최상의 리듬을 찾는 내 안의 새로운 변화
김선현 지음 | 8.0(에이트 포인트)

《나는 오늘부터 나를 믿기로 했다》

자신을 믿어라.
자신의 능력을 신뢰하라.
겸손하지만 합리적인 자신감 없이는
성공할 수도 행복할 수도 없다.
– 노먼 빈센트 필

새해가 되면 사람들은 많은 계획을 세운다. 영어 공부를 위해 학원에 등록하고, 다이어트를 위해 운동 계획을 짜고, 절약을 위해 새 통장을 개설하기도 하며, 부족한 교양을 보충하려고 독서 계획도 세운다.

그런데 조사에 따르면 직장인들이 새해에 세운 목표의 달성률은 30%에 지나지 않는다. 사람들이 목표 달성에 실패하는 이유는 무엇일까? 보통은 의지력이나 실행력 부족이라고 생각하지만 그보다 근본적인 원인은 자신감 부족 때문이다. 계획을 잘못 짰을 수도 있지만 대부분 그 일을 해낼 수 있다는 '자기 자신에 대한 믿음'이 부족해서 실패한다.

《나는 오늘부터 나를 믿기로 했다》는 자신감 부족으로 힘들어하는 이들을 위해서 쓰였다. 부제 '자신이 없어서 늘 손해만 보는 당신에게'가 말해주고 있듯이 자신감을 불어넣고, 원하는 목표를 달성할 수 있도록 도와주는 실용적인 조언으로 가득한 책이다.

저자 케티 케이(Katty Kay)와 클레어 시프먼(Claire Shipman)은 미국의 간판급 저널리스트들로 힐러리 클린턴, 크리스틴 라가르드 IMF 총재, 앙겔라 메르켈 독일 총리 등 지난 20년간 세계에서 가장 영향력 있는 여성들을 직접 만나 취재한 내용과 유전자, 성별, 행동, 인식에 관한 첨단 연구 결과와 자료, 사례를 집대성하여 여성들이 반드시 알아야 할, 자신감에 대한 해답을 내놓았다.

이들의 연구에 따르면 많은 사람이 자신감을 갖지 못하는 이유는 실패에 대한 두려움 때문이다. 마음속의 생각을 그대로 꺼내 놓으면 바보같아 보이거나 혹은 허풍을 떠는 것처럼 보일지 모른다는 두려움 때문에 사람들은 망설인다. 망설임, 그것은 아마 실패에 대한 두려움일 것이다. 아니면 뭐든 완벽하게 하려는 욕심일 수도 있다. 그런데 두려움을 극복하지 않고서는 자기 일을 잘해낼 수 없다.

이 책은 어떤 일에서 성공을 이루려면 능력도 필요하지만, 더 중요한 것은 자신감이라는 것을 강조하고 있다. 재능이 있다는 것은 단순히 능력이 있다는 의미가 아니다. 자신감 역시 그 재능의 일부다. 일을 제대로 해내려면 반드시 자신감이 있어야 한다.

저자들은 위험을 무릅쓰고라도 일단 행동에 나서고, 실패도 맛볼 것을 권한다. 위험을 감수하지 않고서는 절대 다음 단계로 올라설 수가 없다. 거대한 장애물이 앞을 가로막아도, 해낼 수 있다는 남다른 믿음이 있어야 한다.

만약 당신이 작년에 세웠던 계획을 성공시키지 못했다면 우선 무엇이든 해낼 수 있다는 '자신에 대한 믿음'을 갖는 것이 중요하다. 실패했다고 좌절할 필요는 없다. 나름대로 최선을 다했으니 다음 플레이에 집중하라.

자신감이 부족한 사람은 늘 실현시키지 못한 욕구들 속에서 허우적거리기 때문에 앞으로 나아가지 못한다. 남들의 칭찬에 희희낙락하거나 비판에 휘둘리지 말아야 한다. 자신감은 내 손으로 만드는 것이다. 자신감을 갖게 되면 의지력과 실행력은 따라온다.

뭔가를 계획하고 있는 이들이 있다면 앙겔라 메르켈 독일 총리의 조언을 경청하시라.

"지나치게 많은 준비를 하고, 문제를 철두철미하게 파악해서 실수를 하지 않으려 하는 것도 사실 자신감 부족에서 오는 면이 있어요. 그리고 이런 습관은 시간을 엄청 잡아먹죠!"

하버드생의 특별함은
어디에서 나오는가

📖 **이 책은**

하버드 새벽 4시 반 : 최고의 대학이 청춘에게 들려주는 성공 습관(원서 : 哈佛凌晨四点半)

웨이슈잉 지음 | 이정은 옮김 | 라이스메이커 | 2014년 12월

📖 **같이 읽으면 좋은 책**

나와 마주서는 용기 : 하버드대 10년 연속 명강의

로버트 스티븐 캐플런 지음 | 이은경 옮김 | 비즈니스북스

준비된 우연 : 세계 석학들의 인생을 송두리째 바꾼 결정적 순간

필립 코틀러, 마셜 골드스미스, 크리스 뱅글, 토머스 프레이, 레베카 코스타 지음 | 오수원 옮김 |
다산 3.0

습관의 재발견 : 기적 같은 변화를 불러오는 작은 습관의 힘

스티븐 기즈 지음 | 구세희 옮김 | 비즈니스북스

《하버드 새벽 4시 반》

> 새벽에 일어나서 운동도 하고, 공부를 하고,
> 사람들을 사귀면서 최대한으로 노력하고 있는데도
> 인생에서 좋은 일이 전혀 일어나지 않는다고
> 말하는 사람을 나는 여태껏 본 적이 없다.
> – 앤드루 매터스

《하버드 새벽 4시 반》은 하버드식 성공 비결을 다룬 전형적인 자기계발서이다. 중국 CCTV의 기획 다큐멘터리 '세계유명대학: 하버드 편'의 내용을 바탕으로 엮은 책인데, 새벽 4시 반에도 잠들지 않는 하버드에 주목하면서 책을 전개하고 있다.

하버드는 자타가 공인하는 세계 최고의 대학이다. 지금까지 하버드는 8명의 미국 대통령, 75명의 노벨상 수상자, 수백 명의 퓰리처상 수상자, 수백 곳의 글로벌 기업 CEO, 그리고 각계각층에 있는 슈퍼 엘리트들을 배출해냈다.

어떻게 이토록 많은 세계적인 인재를 배출해낼 수 있었을까? 이 질문에 대한 답은 바로 하버드의 새벽 4시 반 풍경에서 찾아볼 수 있다. 하버드 캠퍼스는 이른 새벽이나 깊은 밤에도 언제나 환한 불이 켜져 있다.

하버드 학생들은 시간을 가리지 않고 학구열을 불태운다. 도서관은 언제나 빈자리 하나 없이 학생들로 가득 차 있다. 도서관뿐만 아니라 학생식당, 복도, 교실 등에서도 마찬가지다.

하버드에 입학한 학생들이라면 기본적으로 뛰어난 재능을 갖춘 사람들일 것이다. 하지만 저자의 눈에 비친 하버드의 학생들은 세계에서 가장 똑똑한 사람들이 아닌, 세계에서 가장 노력하고 가장 뜨거운 열정을 가진 사람들이었다. '천재성' '지식' '스펙'보다 '노력'과 '꾸준함'을 갖춘 이들이었던 것이다.

《하버드 새벽 4시 반》은 하버드에서 강조하는 교육 철학 중 가장 대표적인 것으로 '노력, 자신감, 열정, 행동력, 배움, 유연성, 시간 관리, 자기 관리, 꿈, 기회'라는 10개의 키워드를 꼽고, 이를 바탕으로 하버드의 특별함이 어디에서 나오는지 분석하고 있다.

우리가 실패하는 유일한 이유는 대부분 '재능 부족' 때문이 아니라 '노력 부족' 때문이다. 공부는 머리로 하는 것이 아니라 엉덩이로 하는 것이다. 다음으로 중요한 것은 '자신감'이다.

저자는 하버드에 전해져오는 명언을 전한다. "인생이라는 바다에서 상처 없이 온전한 배는 없다. 우리가 해야 할 일은 자신감을 잃지 않는 것이다. 그것이 어려움을 물리칠 수 있는 가장 강력한 무기이기 때문이다."

자신감을 갖게 되면 '열정'이 생긴다. 성공하는 사람은 뛰어난 자가 아닌 열정을 가진 자이다. 열정이 습관화되면 삶이 신 난다. 삶이 신 나는 사람은 '행동'하고, 또 행동한다. 세상에서 가장 리스크가 적은 생산은 '배움'이다. 그리고 지식은 가장 안전한 재산이다.

하버드 학생들은 이렇게 노력, 자신감, 열정, 행동력, 배움에 '올인'함으로써 '유연한 사고'라는 강력한 무기를 갖게 되고, 그것이 위대한 힘을 발휘하게 되는 것이다.

하버드에서는 또 '시간 관리'에 대해서도 가르친다. 시간을 버리면 시간도 나를 버린다. 시간 관리의 달인이야말로 최고의 부자다.

시간 관리와 더불어 배워야 하는 것이 철저한 '자기 관리'다. 나를 다스릴 줄 알아야 다른 사람을 다스릴 수 있는 것이다. 남을 평가하기 이전에 남보다 나를 먼저 평가하고 먼저 사람 됨됨이를 갖추는 것이 중요하다.

또한 하버드에서는 학생들이 원하는 것이 무엇인지, 그들의 '꿈'이 무엇인지를 파악하고 실현 가능한 꿈을 꿀 수 있도록 지도한다. 당신의 꿈과 목표가 무엇인지 수시로 점검하고 그 속에서 '기회'를 찾아야 한다. 당신이 이 책을 제대로 읽었다면 책을 덮을 때쯤 '주어진 기회를 알아보는 눈'이 생겼을 것이다.

'총각네 야채가게'
성공 스토리

📖 **이 책은**
인생에 변명하지 마라 : 돈도 빽도 스펙도 없는 당신에게 바치는 '이영석' 성공 수업
이영석 지음 | 쌤앤파커스 | 2012년 8월

📖 **같이 읽으면 좋은 책**
생각하라! 그러면 부자가 되리라
나폴레온 힐 지음 | 남문희 옮김 | 국일미디어

결국 당신은 이길 것이다 : 시련은 또 다른 나를 만나는 시간
나폴레온 힐 지음 | 샤론 레흐트 해설 | 강정임 옮김 | 흐름출판

관점을 바꾸면 인생이 달라진다 : 직장인에서 1인 기업가로 성공한 여성 CEO의 인생
레슨
조경애 지음 | 시너지북

《인생에 변명하지 마라》

오직 나만이 내 인생을 바꿀 수 있다.
아무도 나를 대신해 해줄 수 없다.
— 캐롤 버넷

남다른 성공을 거둔 사람은 뭔가 다르다. 우리나라 농산물 대표 브랜드 '총각네 야채가게'를 만들어 '맨주먹 성공신화'를 일으킨 주인공 이영석이 그렇다. 그는 전혀 돈이 될 것 같지 않은 동네 야채가게 사업을 놀라운 상상력과 뜨거운 열정, 저돌적인 투지로 전국적인 농수산물 전문 판매 체인망으로 만들어냈다.

무일푼 오징어 행상으로 시작해 18평짜리 야채가게를 열어 대한민국에서 평당 최고 매출을 올리는 가게로 만들어낸 이영석. 그가 《인생에 변명하지 마라》라는 책을 냈다. 자전적 기록인 동시에 그만의 경영 철학이 담긴 자기계발서다. 책을 펼치면 그는 대뜸 이렇게 소리치고 있다.

"나는 똥개다. 남들처럼 좋은 조건, 높은 스펙과는 거리가 먼 똥개. 똥 개면 똥개라고 인정하는 것, 그게 뭐 어려운 일인가? 똥개든 진돗개든 어떻게 태어났느냐는 문제되지 않는다. 똥개로 태어나도 평생 똥개로 빌빌대며 살다가 죽을 것인가, 아니면 진돗개로 탈바꿈해 멋진 인생을 살아볼 것인가는 스스로 선택할 수 있기 때문이다."

똥개로 태어나도 진돗개처럼 살아야 한다는 절규는 절절하게 가슴에 와 닿는다. 가난이 미치게 싫었던 그는 가난을 암과 같다고 생각했다. 그는 아홉 살 어린 나이에 아버지의 사업 부도를 경험하고 곧 이은 아버지의 사망으로 가난의 굴레를 벗어날 수 없었다. 가난하게 태어난 건 죄가 아니지만 가난하게 사는 건 죄다, 풍요로운 삶을 살겠다는 그의 절실함은 그를 독한 사람으로 만들었다.

나이 스물셋에 야채 장사를 해야겠다고 결심한 그는 자신을 가르쳐줄 스승을 찾아 나섰다. 그리고 마침내 트럭 행상을 하는 스승을 만나 무려 1년 7개월의 시간 동안 무보수로 일을 도우며 야채 장사 일을 배웠다. 스승이 3시에 출근하면 그는 1시에 출근했다. 그리고 스승이 5시에 일을 마치면 그는 7시까지 남아 일을 정리했다. 이것이 남들보다 2시간 먼저 움직이고, 2시간 더 일하는 2-2의 법칙이다.

세상 탓, 부모 탓, 스펙 탓만 하는 이들에게 그는 "언제까지 힘들다고 변명만 하고, 위로만 받을 것인가? 죽자고 하면 반드시 된다!"고 열변을 토한다. 일일 재고 0%를 향한 도전 등 현장에서 직접 체득한 독창적인 경영 방식을 누구나 쉽게 공감할 수 있도록 알려준다.

"성공한 사람들의 공통점은 하고자 하는 일에 대해 굉장히 절실했다는 점이에요. 꼭 해내야 한다는 간절함이 있었기 때문에 성공할 수 있었습니다. 절실하니까 이루고자 하는 목표도 뚜렷하죠. 목표가 뚜렷하니까 환경 탓하지 않고 행동으로 옮겼죠. 그리고 잘 할 수 있는 일을 했어요. 사람마다 가진 재능이 다르죠. 성공한 사람들은 각자의 재능에 맞게 행동한 거예요. 각자의 재능을 무시하고 남들과 똑같이 하면 과연 성공할 수 있을까요? 그런데 요즘 대학생들을 보면 자신의 재능이나 능력도 제대로 모르고 남들이 하니까 무조건 따라 하잖아요. 주제 파악을 잘 못하는 것이죠. 주제 파악을 잘 해야 합니다."

"일이 즐겁지 않으면 인생도 즐겁지 않다"는 신념을 바탕으로 직원과 고객이 함께 만들어낸 '총각네 야채가게'. 불혹을 훌쩍 넘겨 어언 중년이 된 그는 창업한 이래 20년 동안 하루 3시간 이상 자본 적이 없다. 그는 요즘도 새벽 4시면 출근해 일을 시작한다.

유가 철학이 성찰한
자기계발의 정수

📖 **이 책은**

나를 지켜낸다는 것 : 칭화대 10년 연속 최고의 명강, 수신의 길(원서 : 儒家修身九讲)

팡차오후이 지음 | 박찬철 옮김 | 위즈덤하우스 | 2014년 2월

📖 **같이 읽으면 좋은 책**

말공부 : 2500년 인문고전에서 찾은

조윤제 지음 | 흐름출판

1그램의 용기

한비야 지음 | 푸른숲

오늘 내가 사는 게 재미있는 이유

김혜남 지음 | 최은영 그림 | 갤리온

《나를 지켜낸다는 것》

우리가 수신하는 이유는 다른 사람 혹은
사회적 요구를 따르기 위함이 아니라
메마른 마음의 밭에 영양분을 공급하여
마음을 윤택하고 건강하게 성장하도록 하기 위한 것이다.
– 팡차오후이

현대인들은 자신의 인격을 수양하는 문제에 별다른 관심이 없다. 젊은 이들이 머리를 싸매고 열심히 공부를 하는 것도 좋은 직장에 취업하기 위해서일 뿐이다.

옛날에는 공부의 목적이 진실한 삶을 살기 위해 자신을 수양하는 데 있었다면, 오늘날에는 남에게 고용되기 위해 하는 것이 돼 버렸다. 옛 선인들은 어떠한 일을 하든 어떤 분야를 전공하든 절대 포기해서는 안 되고 평생을 바쳐서 공부해야 하는 것이 수신(修身)이라 여겼다. 사서삼경 중 하나인 《대학》은 "천자에서부터 평민에 이르기까지 한결같이 수신을 근본으로 삼는다"고 가르치고 있다.

《나를 지켜낸다는 것》에는 2,500년 유가철학이 성찰한 진정한 자기계발의 정수가 담겨 있다. 이 책의 저자 팡차오후이는 젊은 나이에 높은 학문적 성과를 이룬 촉망받는 중국의 차세대 학자로, 자신이 2000년대 초반부터 10년간 칭화대에서 강의한 인문 강좌 '유가경전입문' 내용을 정리해 한 권의 책으로 펴냈다. 총 아홉 개의 장으로 나뉜 이 책은 가장 오래된 자기계발 코드라고 할 수 있는 '수신'에 대해 논하고 있다.

저자는 현대인들이 쉴 없이 바쁘게 일하고 무엇인가를 끊임없이 추구하는 것이 정신적, 심리적으로 불안과 초조에 쫓기고 있기 때문이라고 말한다. 그러면서 우리가 느긋하게 일을 처리할 시간을 줄여 그 시간에 더 중요한 일을 처리해야 한다고 강박을 느끼는 데는 중요한 오류가 있다는 것이다.

삶의 현장에서 분주히 뛰어다니며 세파에 부대끼느라 현대인들은 전에 없는 스트레스를 받는다. 다른 사람보다 먼저 출근하고, 밤을 새워 일하고, 수단과 방법을 가리지 않는 비즈니스 전쟁에 익숙해야 능력 있는 인간으로 평가받기 때문이다. 남에게 고용되기 위해서 공부하고, 스펙을 쌓고, 능력 있는 인간이 되기 위해 끝없이 자신을 소모하고 있다.

공자는 일찍이 제자들에게 "학문의 근본 목적은 자신을 위한 것(爲己)이지 타인을 위한 것(爲人)은 아니다"라고 간곡하게 타일렀다. 설령, 치국평천하(治國平天下)하더라도 그 본질적 목적은 자아 완성에 있다는 것이다.《논어》에서 공자가 이야기하는 '배움'은 사람을 대하는 태도와 인격 수양을 가리킨다.

《나를 지켜낸다는 것》에는 온통 자기 수양에 대한 잠언으로 가득하다. 어느 페이지를 펼쳐도 주옥같고 여유로운 유가경전의 말씀들이 보석같이 알알이 맺혀져 있다. 자기 수양을 한 사람은 마음이 고요하다. 마음은 고요해진 이후에야 편안해진다. 《근사록》에는 "마음이 고요해진 후에 만물을 보면 자연히 봄의 생기를 가지게 된다."라는 말이 나온다. 마음을 아는 것이 하늘의 뜻을 아는 것이다. 하늘의 뜻을 아는 사람을 세상은 절대로 흔들 수 없다. '유가경전입문'을 수강한 한 학생은 이렇게 말하고 있다.

"수신의 목적은 끊임없이 자신을 완벽하게 하는 데 있다. 이 복잡한 사회에서 자신의 정도를 지키고 자신의 완벽함과 인생의 높은 경지를 끊임없이 추구하는 것이다. 만약 자신을 고요함 속에 몰입시키지 못하면 어떻게 자신을 돌이켜 자성하고 완성시킬 수 있겠는가?"

일과 삶의
조화를 찾아라

📖 **이 책은**

원하는 삶을 살 것 : 와튼스쿨 인생 특강(원서 : Leading The Life You Want)

스튜어트 D. 프리드먼 지음 | 권오열 옮김 | 베가북스 | 2015년 4월

《원하는 삶을 살 것》

인생이란 균형점이 있어야 하는 법이다.
일, 가족 그리고 배우고 가르치는 것에 대한
기회가 서로 균형을 이루어야 한다.
– 척 피니

사람은 일을 해야 먹고살 수 있다. 그런데 어떤 일을 하며 살 것인가를 정하는 것은 그리 간단한 문제가 아니다. 누구나 간절히 원하는 삶이 있지만, 청년 백수 200만 명 시대에 자신의 재능에 맞는 직장을 구해서 '균형 잡힌' 삶을 사는 것은 어렵기만 하다.

피터 드러커는 《프로페셔널의 조건》이란 책에서 첫 직장은 복권과 같다고 말했다. 금수저를 물고 태어난 재벌 집 자식이 아니라면 누구나 의식주 문제를 해결하기 위해서 직업전선에서 고군분투해야 하는데, 자신이 하는 일과 자신이 원하는 삶이 일치해 행복을 느끼는 사람은 별로 없어 보이기 때문이다. 그만큼 자신에게 맞는 직장을 갖는 것이 어렵다는 뜻이다.

《원하는 삶을 살 것》은 자신이 원하는 삶을 살면서도 시장 가치를 올릴 수 있는 기술을 가르치고 있다. 이 책의 저자 스튜어트 D. 프리드먼(Stewart D. Friedman)에 따르면, '일'과 '삶'은 서로 경쟁하는 개념이 아니다. 펜실베이니아대학 와튼 스쿨의 실무교수이자, 와튼 리더십 프로그램, 와튼 일과 삶 통합 프로젝트를 통해 지난 30년간 일과 삶을 통합하는 토털 리더십을 연구한 그는 삶은 인생의 네 영역(일, 가정, 공동체, 사적 자아)에서 이루어지며, 이 네 가지 영역을 조화롭게 만드는 것이 행복한 삶이라고 말한다.

이 책은 크게 2개의 부로 나뉘어 있다. 우선 1부에서는 일과 삶을 통합해서 성공적인 삶을 살고 있는 톰 티어니, 셰릴 샌드버그, 에릭 그라이튼스, 미셸 오바마, 줄리 파우디, 브루스 스프링스틴 등 6명의 이야기를 통해 이들의 삶에 '토털 리더십'이 어떻게 구현되고 있는지 보여준다. 2부에서는 6명의 모델들이 보여준 일과 삶을 통합하는 기술을 개발하는 법을 알려준다.

조화로운 삶을 살려면 우선 앞서 말한 인생의 네 영역에서 지금 자신이 수행하고 있는 모든 역할을 분석해야 한다. 그리고 각 영역 사이의 갈등을 해소하는 지지 네트워크를 구축하는 것이 중요하다.

《원하는 삶을 살 것》의 연구 대상이 된 6명의 모델들은 직장(또는 학교), 가족, 공동체, 그리고 자기 자신의 영역을 조화롭게 하기 위해 어떤 실천을 했는지 좀 더 자세히 살펴보자.

먼저 톰 티어니는 언제나 중심이 확고한 모험을 한다. 그는 이질적인 부분들을 조화롭게 엮어내면서 새로운 일 처리 방식을 찾아내는 달인이다. 셰릴 샌드버그는 노 제로섬 게임을 한다. 그녀는 스스로 엮어낸 가치를 이야기로서 전달하며 네트워크를 구축해서 자신의 지지자들을 만들어낸다. 에릭 그라이튼스는 적극적인 문제 해결사다. 그는 모든 자원을 동원해서 결과에 집중한다. 미셸 오바마는 용감하게 변화를 수용하고 삶의 여러 경계를 현명하게 관리한다. 줄리 파우디는 가장 중요한 것은 내 안에 있으며 무엇이 중요한지 아는 사람만이 남을 도울 수 있다고 말한다. 마지막으로 브루스 스프링스틴은 판박이로 살면 진다고 외친다.

변화는 비움으로부터
시작된다

📖 **이 책은**

잡동사니로부터의 자유 : 행복과 성공을 부르는 공간 창조법(원서 : Clutter Busting)

브룩스 팔머 지음 | 허수진 옮김 | 초록물고기 | 2011년 3월

📖 **같이 읽으면 좋은 책**

스마트한 시간관리 인생관리 습관

마크 포스터 지음 | 형선호 옮김 | 중앙경제평론사

아무것도 못 버리는 사람

캐런 킹스턴 지음 | 최지현 옮김 | 도솔

실전! 청소력 : 걸레 한 장으로 인생을 바꾸는

마스다 미츠히로 지음 | 우지형 옮김 | 나무한그루

《잡동사니로부터의 자유》

잡동사니를 처분하게 되면 기분이 좋아진다.
처분한 만큼 새로운 공간이 마련된다.
그 공간으로 새로운 가치나 물건,
새로운 에너지와 사람이 들어온다.
– 바바라 라거

연말이 다가오면 우리는 새해의 다이어리를 준비한다. 더불어 꿈과 희망을 품고 새로운 한 해를 설계한다. 그러나 그 이전에 해야 할 일이 있다. 내 주변의 잡동사니를 버리는 일이다. 《잡동사니로부터의 자유》라는 책은 새로운 시작을 위해 주변의 어떤 잡동사니를 버려야 할지 깨닫게 한다.

저자 브룩스 팔머(Brooks Palmer)는 잡동사니 처리 전문가로, 10년 넘게 사람들의 집과 사무실, 차고, 그리고 인생에 쌓인 잡동사니를 버리는 일을 도왔다. 그가 잡동사니 처리 전문가의 길로 들어선 것은 대학 때 이

샷짐센터의 직원으로 일한 경험이 계기가 되었다.

당시 그는 사람들이 이 집에서 저 집으로 끌고 다니는 잡동사니의 양에 입을 다물지 못했다. 그렇게 방대한 양의 물건을 도대체 어디에 쓰려는 것인지 이해할 수가 없었다. 어차피 사람은 한 번에 한 가지 물건만 사용할 수밖에 없지 않은가? 이런 의문으로부터 출발해 잡동사니 처리 전문가의 길로 들어선 것이다.

인간의 역사는 자신의 몫을 늘리기 위한, 소유욕을 채우기 위해 끊임없이 싸우는 과정의 연속이다. 전 세계적으로 소비 지향적인 단일 문화를 이루고 있는 이 시대는 공중파와 케이블 채널, 인터넷 쇼핑몰에서 수없이 쏟아지는 광고로 우리를 세뇌시키고 있다.

우리는 무의식적으로 받아들인 행동 지침에 의해 합리적인 판단과는 거리가 먼 소비를 하고 있다. 저자는 이런 눈 먼 소비에 의해 잡동사니들이 생겨난다고 말한다. 집을 차지한 수많은 물품, 오랫동안 쓰지 않은 물건들, 입지 않는 옷들, 그리고 인생을 좀먹는 인간관계까지 우리가 소유한 잡동사니들이 우리의 정신과 영혼을 질식시킨다는 것이 저자의 생각이다.

우선 읽지 않는 책이 즐비한 서재를 보자. 대부분의 경우 그것은 자신의 지식과 교양을 쌓기 위한 물적 자산이라기보다 자신을 교양인으로서 위장하기 위한 잡동사니이기 쉽다. 읽지 않는 책은 잡동사니에 불과하다. 우리는 잡동사니로 위장한다. 잡동사니는 중독이다. 잡동사니는 과거의 올가미다. 브룩스 팔머는 무엇인가 소유해야만 행복을 느낄 수 있다고 여기며 쓸데없는 물건에 매달리는 이들에게 쓰레기통을 비우라고 충고한다.

잡동사니는 날짜 지난 신문 같은 생명이 없는 사물에만 국한되는 것이 아니다. 사람도 잡동사니가 될 수 있다. 지금 혹시 자신에게 어울리지 않는 인간관계에 매달리고 있지는 않은가? 저자는 인간 내면에 깊이 자리하고 있는 심리적 쓰레기들도 다름 아닌 잡동사니라고 말한다. 혹시 당신은 정리 대상이 된 잡동사니 남편 혹은 아내가 아닌가? 애지중지 키운 자녀 또한 잡동사니가 될 수 있다.

잡동사니를 비우면 마음의 창이 투명해진다. 쓰레기를 치워버리면, 더 많은 시간과 에너지와 창조성이 생긴다. 인생은 박물관이 아니다. 살아 있는 공간이다. 인생에서 불필요하게 남아도는 물건, 인간관계를 처분하고 나면 우리의 인생을 눈에 띄게 달라지게 할 변화가 제 발로 찾아온다. 변화는 말없이 집에 걸어 들어온다.

PART 3

관계 편

상사들과 평화롭게
공존하는 비책

📖 **이 책은**

직장의 神 : 최악의 상사가 한 명도 없는 신의 직장은 없다(원서 : How to Work for an Idiot)

존 후버 지음 | 김광수 옮김 | 황금부엉이 | 2013년 3월

📖 **같이 읽으면 좋은 책**

직장의 신은 있다

이유림 지음 | 생각비행

회사가 당신에게 알려주지 않는 50가지 비밀

신시아 샤피로 지음 | 공혜진 옮김 | 서돌

회사가 붙잡는 사람들의 1% 비밀

신현만 지음 | 위즈덤하우스

《직장의 神》

상사를 고를 수 없는 당신이 할 일은
상사의 타입에 맞춰 적절히 대응하고 조정하는 일이다.
– 무라타 노부오

모든 직장에는 멍청한 사람들이 있기 마련이다. 특히 멍청한 상사와 일해 본 사람들은 속이 부글부글 끓거나 시커멓게 탄 경험들을 해봤을 것이다. 《직장의 神》은 멍청한 상사와 멍청한 동료들 사이에서의 생존법과 성공법을 다루고 있다. 진짜 멍청이는 리더의 위치에 있으면서도 자신의 역기능을 유감없이 발휘한다. 한 번 멍청이는 영원한 멍청이다. 그러나 자신이 멍청하다는 사실을 깨닫는 순간 멍청이의 삶은 판이하게 달라진다.

《직장의 神》은 지나치지 않을 정도의 불손함과 이해 가능한 수준의 풍자, 가슴을 따뜻하게 하는 명랑한 문체로 어떤 조직에서도 승승장구할 수 있는 방법을 알려주고 있다. 저자인 존 후버(John Hoover)는 월트 디즈니의 이사 및 맥그로우 힐의 부서장을 역임한 조직 리더십 컨설턴트다. 그는 지난 20년 동안 직장 내의 멍청한 상사들을 면밀하게 연구한 끝에 이 책을 펴냈다. 이 책은 깨달음은 얻은 어느 멍청한 상사의 고백으로 시작한다.

'직장의 신'이 되는 첫 번째 단계는 "나는 타인의 어리석음에 무기력하며, 나 역시 통제 불능의 어리석은 삶을 살아왔음을 인정한다."는 깨달음을 얻는 일이다. 저자는 상사와의 갈등이 생길 때마다 감정부터 앞서는 아마추어 직장인이 진짜 멍청이라고 말한다. 진짜 멍청이와 깨달음을 얻은 멍청이 사이에는 엄청난 차이가 있다. 유사 이래로 멍청이들은 늘 우리와 함께한다. 그러나 깨달음을 얻은 멍청이는 방아쇠를 든 사람을 다루는 요령을 알고 있다. 멍청이는 허구가 아닌 실존 인물이다.

우리 부서에서 무엇인가 일이 잘못되었을 때, 직원을 해고하라는 명령을 받았을 때, 생산성을 높이라는 명령을 받았을 때, 비용을 절감하라는 명령을 받았을 때, 나는 어떻게 행동하고 있는가?

직장의 상사 중에는 유능한 상사가 있는 반면 교활한 상사, 자학적인 상사, 가학적인 상사, 망상증 상사 등등 멍청하고 무능한 상사들도 많다. 유능한 상사는 공평한 반면 그렇지 못한 상사들은 멍청이를 재생산해내는 진짜 멍청이들이다. 그렇다고 이런 멍청이들을 다 몰아낼 방법은 없다.

《직장의 神》은 멍청한 상사를 내 편으로 만들고 심지어 그들의 응원을 받으면서 승승장구하려면 특단의 심리적 컨트롤 비법이 필요하다고 주장한다. 당신은 직장에서 성공하기를 바라는가? 아니면 단순한 생존만을 원하는가? 당신은 자신의 어리석음을 멍청한 상사에게 전가하고 있지는 않은가?

멍청한 상사와 함께 일하며 '생존'과 '성공'이라는 두 마리 토끼를 잡기 위해서는 먼저 당신의 마음부터 열어야 한다. 이 책의 부제처럼, 최악의 상사가 한 명도 없는 신의 직장은 없다. 그리고 멍청한 상사를 바꾸기는 어렵다. 하지만 멍청한 상사를 다루는 방법을 바꾸면 된다. 상사의 유형만 제대로 파악하고 있으면 아무리 곤란한 상황에서도 교묘하게 빠져나올 수 있다. 상사는 부하 하기 나름이다. 지금 당신이 수행하는 프로젝트는 회사의 프로젝트이지 당신의 프로젝트가 아니다. 따라서 상사와 경쟁할 필요가 없다. 타인에게 칭찬과 공로를 넘기면 당신의 어깨가 한결 가벼워지고 인생도 한결 여유로워진다는 깨달음을 얻는 일이 중요하다. 혼자만 최고가 되려는 생각을 버려라. '최고의 일원'이 되는 것만으로 충분하다.

왜 아무도 NO라고 말하지 않는가?

📖 **이 책은**

생각대로 일하지 않는 사람들 : 애빌린 패러독스(원서 : The Abilene Paradox and Other Meditation on Management)

제리 하비 지음 | 이수옥 옮김 | 황상민 감수 | 엘도라도 | 2012년 10월

📖 **같이 읽으면 좋은 책**

올바른 결정은 어떻게 하는가 : 모두를 살리는 선택의 비밀

필 로젠츠바이크 지음 | 김상겸 옮김 | 엘도라도

와이어드

데브 팻나이크 지음 | 주철범 옮김 | 이상미디어

승자의 편견 : 앞만 보고 열심히 달리면 정말 성공할 수 있을까

데이비드 코드 머레이 지음 | 박여진 옮김 | 김도현 감수 | 생각연구소

《생각대로 일하지 않는 사람들》

젊은이를 타락으로 이끄는 확실한 방법은
다르게 생각하는 사람 대신 같은 사고방식을 가진 이를
존경하도록 지시하는 것이다.
– 프리드리히 니체

"한 잔 더 해야지?", "노래방에서 한 곡조 뽑아야 하지 않아?". 직장인들의 회식 때면 누군가 이렇게 바람을 잡아서 2차, 3차로 이어지는 경우가 많다. 이때 대부분의 사람들은 가기 싫어도 하는 수 없이 따라간다. 그리고 먹기 싫은 술을 마시고 취해서 다음 날 힘들어 한다. 그런데 다음번 회식에도 거의 같은 풍경이 연출된다. 왜 아무도 'NO'라고 말하지 않는가?

《생각대로 일하지 않는 사람들》은 사람들의 이런 심리 상태를 치밀하게 파고든 책이다. 원서가 '애빌린 패러독스(The Abilene Paradox)'로, 미국에서 출간 당시 '애빌린 패러독스' 신드롬을 불러일으키며 단편 영화로 제작되기도 했다. 미국의 경영학자 제리 하비(Jerry B. Harvey)가 쓴 이 책은 '누구도 동의하지 않은 합의'가 일어나는 본인의 체험에서 아이디어를 얻었다.

1974년 여름, 하비 박사는 텍사스의 처가를 방문했다. 장인은 모처럼 찾아온 사위의 방문이 반가웠는지 "우리 애빌린에 가서 외식이나 할까?"라고 제안한다. 하비 박사는 왕복 170킬로미터를 운전하는 게 내키지 않았지만 "장모님이 좋으시다면." 하고 동의했다. 섭씨 40도의 날씨, 16년 된 고물차 안은 너무 더웠다. 용광로 같은 불볕더위와 먼지바람을 무릅쓰고 사막길을 갔는데 식사는 형편없었다. 그러자 하나둘 불평이 쏟아져 나왔다.

장모는 "집에 있고 싶었는데 애빌린에 가자고 난리를 치는 바람에 어쩔 수 없이 따라 나섰다."고 투덜거렸다. 하비 박사는 "나도 다른 사람들이 원해서"라고 말했고, 그의 아내도 "이렇게 더운 날 밖에 나가는 것 자체가 미친 짓"이라며 분통을 터뜨렸다. 그러자 장인이 입을 열었다. "그냥 모두 따분해 할지도 모른다고 생각했을 뿐이야." 결국 아무도 원하지 않았는데 애빌린에 다녀온 것이다. 이것이 바로 '애빌린 패러독스'다.

이 책은 모두 7장으로 구성되어 있다. 생각대로 일하지 않는 사람들, 현실에 길들여진 사람들, 무조건 복종하는 사람들, 절대로 사과하지 않는 사람들, 영혼을 파는 사람들, 변명하는 사람들, 서로 돕지 않는 사람들 등 눈치 보고 묻어가는 개인의 심리 현상 일곱 가지 유형을 철저히 파헤치고 있다.

저자가 제시하는 애빌린 패러독스의 원인은 크게 두 가지다. 조직이 자신의 생각과는 다르게 굴러가게 만드는 '공모의 상호작용'과 '권위에 대한 맹종'이 그것이다. 첫째 '공모의 상호작용'에 관한 사례는 앞에서 예를 든 회식 때 일어나는 상황을 말한다. 둘째 '권위에 대한 맹종' 사례로 저자는 나치의 유대인 학살을 들고 있다. 유대인 학살의 책임자였던 아돌프 아이히만은 재판 과정에서 "나는 범죄를 저지르지 않았으며, 단지 명령을 따랐을 뿐입니다."라고 주장했다. 하지만 저자는 "유대인 처형 부대의 대원들은 아무런 제약 없이 그 일을 그만둘 수 있었다."고 밝히면서 정치학자 한나 아렌트의 연구를 인용하고 있다. 한나 아렌트는 "나치 친위대원 중에 유대인 처형을 거부했다고 사형당한 예는 단 한 건도 없었다."면서 이 전형적으로 성실하고 평범한 독일인은 자신이 무슨 짓을 저지르는지에 대한 아무런 생각이 없었으며, 그 놀라운 '사유 능력의 부재'가 바로 유대인 학살이라는 끔찍한 폭력의 진짜 범인이라고 주장했다. 이것은 오늘날 관리자들이 직면하고 있는 도덕적 딜레마의 기원이기도 하다.

이 책은 '왜 조직은 개인을 즐겁게 일할 수 없도록 만들고 심지어 불안하게 만드는가?', '왜 조직 속의 인간은 원하지 않는 일이나 실패할 것이 분명한 일을 마치 원하는 것처럼 그리고 성공할 수 있는 것처럼 무기력하게 수행하는가?'에 대한 해답을 제시하고 있다.

모두에게 좋은 사람은
좋은 사람이 아니다

📖 **이 책은**

미움받을 용기 : 자유롭고 행복한 삶을 위한 아들러의 가르침(원서 : 嫌われる勇氣)

기시미 이치로, 고가 후미타케 지음 | 전경아 옮김 | 김정운 감수 | 인플루엔셜 | 2014년 11월

📖 **같이 읽으면 좋은 책**

아들러 심리학을 읽는 밤 : 아들러 심리학 입문

기시미 이치로 지음 | 박재현 옮김 | 살림

너는 나에게 상처를 줄 수 없다 : 일에서든, 사랑에서든, 인간관계에서든 더 이상 상처
받고 싶지 않은 사람들을 위한 관계 심리학

배르벨 바르데츠키 지음 | 두행숙 옮김 | 걷는나무

따귀 맞은 영혼 : 마음의 상처에서 벗어나는 방법

배르벨 바르데츠키 지음 | 장현숙 옮김 | 궁리

《미움받을 용기》

> 인간의 발전에 영향을 주는 것은
> 사실 그 자체가 아니고
> 그 '사실'에 대해 가지는 그들의 '의견'이다.
> – 알프레드 아들러

《미움받을 용기》라는 책은 제목부터 흥미진진하다. 세상을 살면서 누구도 미움받고 살고 싶지는 않을 것이다. 그래서 사람들은 좋은 게 좋은 것이라고 여기면서 대충 타협하고 살아간다. 세상을 혼자서 살아갈 수는 없다고 믿기 때문이다.

그런데 이 책은 '왜 모든 사람에게 사랑받으려고 하는가?' 반문하고 있다. 모든 사람에게 사랑을 받으면서 살 수는 없다는 것이다. 왜 사랑받으려고만 하는가? 그것은 잘못된 교육, 선험적 경험의 착오 때문이다.

《미움받을 용기》는 자기계발서로 분류되는 책이지만, 철학자와 청년의 대담으로 이루어진 다소 특이한 양식으로 되어 있다. 대화체라 재미있게 술술 읽히지만, 담고 있는 내용이 가볍지는 않다.

철학자는 자신의 명성을 듣고 찾아온 청년에게 알프레드 아들러의 심리학을 소개한다. 아들러는 프로이트, 융과 동시대의 사람이고 그들과 어깨를 나란히 하는 '심리학의 3대 거장'이지만 세상에 잘 알려지지 않은 인물이다. 하지만 아들러는 긍정적 사고를 강조하는 '개인심리학'을 창시하고, 데일 카네기, 스티븐 코비 등 자기계발의 멘토라고 불리는 사람들에게도 영향을 줘 '자기계발의 아버지'로 추앙받고 있다.

인간은 모두 인간관계로 고민하고 괴로워한다. 모든 고민은 인간관계에서 비롯된 고민이다. 이 고민에 대해서 아들러는 말한다. 모든 사람에게 좋은 사람이길 원하는 사람은 끊임없이 타인의 눈치를 보며 살 수밖에 없다고. 하지만 이는 부자유스럽고 동시에 불가능한 일이다. 모든 사람을 만족시키는 방법은 없다.

그래서 "모두에게 좋은 사람은 좋은 사람이 아니다."라고 말한다. 사람은 누구나 자유롭게 살고 싶어 한다. 아들러는 '자유란 무엇인가'에 대한 결론은 타인에게 미움을 받는 것이라고 설파하고 있다.

아들러의 심리학은 프로이트 심리학과 대척점에 서 있다. 그는 우선 프로이트의 트라우마 이론을 부정한다. 그는 과거의 트라우마적 사건에 현재의 내 인생을 맡길 수는 없다고 주장한다.

이 책에 등장하는 철학자는 트라우마를 부정한 아들러 심리학을 소개하면서 "인간은 변할 수 있다. 세계는 단순하다. 누구나 행복해질 수 있다."고 청년에게 설명한다. 아들러 심리학은 고루한 학문이 아니라 인간 이해의 진리이자 도달점이다.

아들러는 모든 트라우마를 부정하고 '지금' '여기'에서 진지하게 살아갈 것을 권하고 있다. 아들러 심리학은 타인을 바꾸기 위한 심리학이 아니라 '자신'을 바꾸기 위한 심리학이다.

만약 당신의 생활양식이 선천적으로 주어진 것이 아니라 스스로 선택한 것이라면 다시 선택하는 것도 가능하다. 당신이 변하지 않는 것은 스스로 '변하지 않겠다'고 결심했기 때문이다. 당신이 불행하다고 느끼고 있다면 당신은 불행을 '스스로 선택'한 것이다.

철학자는 청년에게 이렇게 말하고 있다. "자네가 불행한 것은 과거의 환경 탓이 아니네. 그렇다고 능력이 부족해서도 아니고. 자네에게는 그저 '용기'가 부족한 것뿐이야." 즉 모든 것은 '용기'의 문제다. 자유도 행복도 모두 '용기'의 문제일 뿐 환경이나 능력의 문제가 아니다.

중요한 것은 무엇이 주어졌느냐가 아니라 주어진 것을 어떻게 활용하느냐이다. 우리에게 필요한 것은 '미움받을 용기'다. 남에게 미움받는 것이 두렵지 않을 때까지 변해야 한다.

어떻게 사람을 제대로
볼 수 있을까?

📖 **이 책은**
당신은 이미 읽었다 : 상대의 속마음을 간파하는 기술(원서 : The Definitive Book of Body Language)
앨런 피즈, 바바라 피즈 지음 | 황혜숙 옮김 | 흐름출판 | 2012년 11월

📖 **같이 읽으면 좋은 책**
사람의 마음이 읽힌다 : 나를 숨기고 상대를 읽어내는 심리기술
이태혁 지음 | 경향미디어

어떻게 원하는 사람을 얻는가 : 필요한 사람을 만나기 위한 인맥 전략
리웨이원 지음 | 류방승 옮김 | 청림출판

사람을 남기는 관계의 비밀 : 결과만 얻으면 하수, 사람까지 얻어야 고수다!
김대식 지음 | 북클라우드

《당신은 이미 읽혔다》

말도 행동이고 행동도 말의 일종이다.
– 랄프 왈도 에머슨

많은 젊은이들이 필기시험에서 좋은 성적을 내고도 면접시험에서 고배를 마신 경험을 갖고 있다. 면접관들의 질문에 또박또박 성실하게 답을 잘 했는데도 불구하고 말이다. 그것은 면접관들이 무엇을 중점적으로 보고 있는지를 잘 몰랐던 탓이다. 면접관들은 그 사람의 말보다는 '보디랭귀지'에 주목한다. 보디랭귀지 연구의 선구자 앨버트 메라비언은 의사소통에서 언어가 차지하는 비중은 7%에 불과하다고 주장했다. 나머지 93%는 비언어적인 몸짓이나 표정, 자세, 즉 보디랭귀지가 차지하고 있는 것이다.

《당신은 이미 읽었다》는 '몸짓 언어는 거짓말을 하지 않는다'는 실제적 사례를 풍부한 사진과 그림을 제공하여 독자들의 이해를 돕도록 만든 책이다. 세계적인 인간 행동 전문가 앨런 피즈(Allan Pease)와 바바라 피즈(Babara Pease)는 심리학, 생물학, 뇌과학, 역사 등 다양한 분야의 연구를 바탕으로 한 '보디랭귀지'의 모든 것을 이 책에 담아냈다. 이미 미국에서 500만 부의 판매고를 올린 베스트셀러 《보디랭귀지》로 이름난 저자들은 자신들의 30년 연구를 이 책에 집대성해놓았다. 이 책에 따르면, 인간이 말하는 한 문장의 평균 길이는 2.5초에 불과한 것에 비해 얼굴은 25만 가지의 표정을 짓고 있기 때문에 상대방은 그것을 보고 그 사람의 심중을 파악할 수 있다고 한다.

'보디랭귀지'의 중요성이 여실히 드러난 사례가 있다. 바로 2012년 미국 대통령 선거를 앞둔 TV토론회이다. 1차 토론회에서 오바마가 일방적으로 우세할 것이라는 예상을 완전히 뒤엎고 롬니가 승리했다. 토론의 달인으로 유명한 오바마가 패배한 것은 말이나 논리에서 밀렸기 때문이 아니었다. 토론 중 오바마는 자주 눈을 깜박이고 고개를 떨구는 모습을 보인 반면, 롬니는 시종일관 자신 있게 말하면서 카메라를 응시했다. 사람은 거짓말을 하거나 불안할 때 눈을 깜박이는 횟수가 증가한다. 고개를 숙이는 행동은 부정적이고 비판적인 인상을 준다. 즉 몸짓, 자세, 표정과 같은 '보디랭귀지'가 승패를 가른 것이다(물론 2차 토론회에서는 오바마가 승리를 거두었지만 말이다).

《당신은 이미 읽었다》는 눈동자의 움직임, 걸음걸이, 팔짱, 깍지, 턱 쓰다듬기, 곁눈질, 고개 끄덕이기, 여자의 핸드백, 회의실에서 자리 잡기 등등 사소한 몸짓도 세세하게 분석해 의미를 찾아낸다. 또한 자크 시라크, 찰스 왕세자, 빌 클린턴, 아돌프 히틀러, 조지 W 부시, 맥 라이언, 마릴린 먼로, 휴 그랜트 등의 몸짓을 사례로 들며 사람의 심리를 분석한다. 만약 당신이 이성이 내게 호감이 있는지 없는지 알아낼 수 있는 방법은 없을까 고민하고 있다면 이 책을 한번 읽어보기를 권하고 싶다. 이 책을 읽다 보면 많은 장면에서 공감하게 되고 읽다가 킬킬 웃게 되기도 한다. 그리고 지난날 자신이 한 행동과 몸짓을 후회하고, 무릎을 탁 치는 순간도 온다.

사람을 많이 만나는 복잡한 현대인의 생활에서 '보디랭귀지'를 읽는 기술은 연애, 비즈니스, 직장 생활에 요긴하다. 상대가 어떤 몸짓을 하고 있느냐에 따라서 상대가 자신에게 호감을 가지고 있는지, 나를 통제하려고 하는지, 거짓말을 하는지 판단할 수 있기 때문이다. 세계적인 경영 구루 톰 피터스는 이 책을 한마디로 이렇게 평가했다.

"소리 내어 웃을 만큼 재미있고, 밑줄을 그으면서 읽을 만큼 유용하다!"

스트레스 관리가
필요한 이유

📖 **이 책은**
굿바이, 스트레스

이동환 지음 | 스타리치북스 | 2014년 9월

📖 **같이 읽으면 좋은 책**
스트레스 과학 : 기초에서 임상적용까지

대한스트레스학회 지음 | 한국의학

스트레스 사용설명서 : 더 행복한 나를 위한 하버드 의대 스트레스 솔루션

조셉 슈랜드, 리 M. 디바인 지음 | 김한규, 김무겸 옮김 | 중앙북스

행복 스트레스 : 행복은 어떻게 현대의 신화가 되었나

탁석산 지음 | 창비

《굿바이, 스트레스》

현대인은 스트레스와 무관해질 수 없다.
그렇기 때문에 스트레스 수준을 적절히 조절하고
내면의 균형을 유지하는 것이 무엇보다 중요하다.
과도하게 스트레스에 쏠린 관심을
행복의 이유를 찾는 데로 돌려보자.
행복은 능동적으로 찾는 사람의 것이다.
– 장샤오헝

우리가 자주 사용하는 외래어 중 1위가 '스트레스'라고 할 만큼, 남녀노소를 불문하고 모든 현대인은 스트레스로부터 자유롭지 못하다. 특히 직장인들은 보이지 않는 화살과 총알이 난무하는 전쟁터를 누비고 있는 탓에 스트레스란 말을 입에 달고 산다. 직장인들은 경쟁이 일상이고 성과를 내야 한다는 부담감을 안고 산다.

《굿바이, 스트레스》는 가정의학과 전문의 이동환이 내놓은 스트레스 활용법이 담긴 책이다. 24년간 진료를 해온 그는 10년 전부터 만성피로 전문클리닉을 운영하면서 원인을 알 수 없는 만성피로를 기능의학을 바탕으로 진단, 치료하고 더불어 '만성피로연구회'를 만들어 수천 명의 회원들에게 정보를 제공하고 있다.

이 책은 가상의 직장 생활을 토대로 스토리화한 재미있는 콘셉트로, 총 4개의 장으로 구성되어 있다. 직장 생활로 인한 극심한 스트레스로 비만, 탈모까지 겪으며 우울한 나날을 보내던 주인공 '우울한 대리'가 '탁월해 팀장'을 만남으로써 인정받는 사원으로 발전하게 된다는 줄거리다.

스트레스의 사전적 의미는 '적응하기 어려운 환경에 처할 때 느끼는 심리적 · 신체적 긴장 상태'다. 스트레스는 그 자체로 '스트레스'인 것이다. 스트레스가 쌓이면 만성피로로 이어지고 몸이 상하게 된다. 만성피로는 집중력을 떨어뜨리며, 집중력과 함께 업무 성과 또한 곤두박질하게 된다.

직장인들은 끝없는 피로와 이유 없는 통증에 시달리며, 밤에는 잠조차 제대로 자지 못한다. 이렇게 매일같이 우울한 하루를 보내다 보면, 문득 나는 살아가고 있는 것이 아니라 죽어가고 있는 것만 같다는 생각이 들기도 한다.

《굿바이, 스트레스》에서 저자는 '스트레스 해소를 위한 마음 근육 키우기'를 강조한다. 스트레스성 만성피로에 시달리던 환자들은 스트레스에서 벗어난 이후 "마음이 편해지니까, 몸 컨디션도 아주 좋아졌어요!"라고 이구동성으로 말한다. 이는 몸과 마음은 하나이고 그것이 몸과 마음의 신비한 상호작용에 주목해야 하는 이유다.

의학 용어 중에 '플라세보 효과'라는 것이 있다. 한 병원에서 관절염 환자들에게 "새로 개발된 진통제인데 효과가 아주 좋다."고 설명하며 주사를 놓았다. 사실 이것은 진통제가 아니라 비타민 주사였다. 그런데 놀랍게도 3분의 2나 되는 환자들이 진통이 감소되는 효과를 느꼈다고 답했다. 실제 약효와는 무관하게 환자들의 믿음과 마음가짐만으로 진통이 줄어드는 효과가 나타난 것이다.

저자는 스트레스는 마음의 병이기 때문에 생각하는 대로 효과가 나타난다고 강조하며 심리적 문제를 푸는 여러 가지 방법을 제시한다.

우선 자신의 마음과 대면하는 것이다. 마음속의 상처는 쉽게 사라지지 않기 때문에 잠재의식과 무의식 속에 숨어 있는 자신의 마음을 마주하는 것이 가장 중요하다. 그리고 부정적 감정을 없애고 "나는 날마다, 모든 면에서, 점점 더 좋아지고 있다!"라는 주문을 외운다. 자신만의 '플라세보 효과'를 만드는 것이다.

또 매사에 감사할 줄 아는 마음이 중요하다. 주변 사람들에게 감사하는 마음을 갖는 하루 한 번의 습관을 만들면 인생이 변화하기 시작한다.

소통하고 싶다면
툭 까놓고 얘기하라

《나는 까칠하게 살기로 했다》

인생이란 분명 자신의 의지와 상관없이 시작되는 것이지만
또한 반드시 자신의 의지로 살아가야 하는 것이다.
그런 의미에서 인생의 과제는 '아는 것'이다.
– 양창순

직장인을 대상으로 '무엇이 가장 힘든가'를 묻는 설문 조사를 했더니
86%가 '인간관계'라고 답했다고 한다. 생각보다 많은 사람이 인간관계
에서 자신만 상처를 받는다고 여기며 살아간다. 그래서 인간관계에 있
어 자기 자신을 드러내는 일을 꺼린다. 인간관계에 대한 우리의 욕구는
늘 두 얼굴을 갖고 있다. '할 수만 있다면' 마음 가는 대로 자유롭게 말하
고 행동하고 싶다는 욕구와 '그럴 수 없음'을 알기에 조심하고 신중해야
한다고 자신을 억누르는 욕구가 그것이다. 이 두 가지는 늘 부딪치면서
갈등을 빚는다. 이때 세상이 내 진심을 알게 하는 방법은 무엇일까?

《나는 까칠하게 살기로 했다》는 이러한 질문에 대답하고 있는 책이다. 이 책은 남들에게 괜찮은 사람으로 인정받으려면 '건강한 까칠함'이 필요하다고 설득력 있게 논리를 펼치고 있는데, 그래서인지 나온 지 좀 된 책이지만 꾸준히 베스트셀러의 자리를 차지하고 있다.

저자 양창순은 신경정신과 전문의로 대인관계 클리닉 '마인드앤컴퍼니'를 운영하면서 대인관계에 관한 강연도 많이 하는 멘토로 알려져 있다. 《나는 까칠하게 살기로 했다》의 첫 장은 '왜 세상은 내 마음을 몰라줄까'라는 질문으로 시작한다. 인간은 상대방이 표현을 안 하면 본심을 모른다. 좋아서 좋다고 하는 것인지, 상처가 두려워서 좋다고 하는 것인지, 아니면 갈등을 회피하려고 그러는 것인지 알 길이 없다.

저자는 자존감을 지키면서도 사람의 마음을 움직이는 인간관계를 맺으려면 자신의 본심을 당당히 표현하는 것이 좋다고 말한다. 그것이 저자가 생각하는 '건강한 까칠함'이자 인간관계에 대한 두려움을 없애주는 힘인 '건강한 자긍심'을 얻는 길이다. 저자가 제시하는 '건강한 까칠함' '건강한 자긍심'을 갖는 비결은 다음 세 가지다.

첫 번째는 자신의 의견에 대한 합리적이고 객관적인 정보가 필요하다. 알지도 못하면서 주장만 한다면 그것은 까칠함이 아니라 무식하고 거친 것밖에 안 된다. 두 번째는 인간과 삶에 대한 이해와 사랑을 갖고 있어야 한다. 그래야 당당하게 자기를 주장하면서 서로 간의 갈등을 수용하고 해결해나갈 수 있다. 세 번째는 어떤 경우에도 끝까지 매너를 지키는 것이다. 음식도 날것으로 먹으면 자칫 소화 장애를 일으킨다. 인간의 감정도 서로가 날것인 채로 부딪치다 보면 불필요한 상처가 생길 수

밖에 없다.

알고 보면 인간만큼 자기중심적인 존재도 없다. 상대방의 욕구보다는 내 욕구가 더 먼저고 더 중요하다. 그러나 인간관계란 결코 일방적으로 이루어지는 것이 아니지 않은가. 서로 소통을 주고받는 것이 모든 인간관계의 전제 조건이다. 다행히 우리 인간의 뇌 속에는 태생적으로 공감 신경세포가 있어서 서로의 욕구가 부딪치면 서로의 다름을 인정하고 '공감의 장'을 찾아내려고 노력한다.

인간관계는 관심에서부터 시작된다. 그다음 중요한 것이 공감 능력이다. 공감 능력을 가질 때 우리는 상대방에게 비로소 진심으로 다가갈 수 있다. 결국 인간관계를 잘해나가고 싶다면 작은 일부터 관심을 가지고 공감의 능력을 넓혀나가는 것이 가장 좋은 방법인 셈이다. 그렇게 해서 상대방에게 내 진심이 전해질 때 비로소 진정한 소통이 시작된다. 진심이란 말이 진짜 의미를 갖는 것도 바로 그 순간부터다.

먼저 베푸는 사람이
성공한다

📖 **이 책은**
기브앤테이크 : 주는 사람이 성공한다(원서 : Give and Take)
애덤 그랜트 지음 | 윤태준 옮김 | 생각연구소 | 2013년 6월

📖 **같이 읽으면 좋은 책**
메이커스 : 새로운 수요를 만드는 사람들
크리스 앤더슨 지음 | 윤태경 옮김 | 알에이치코리아

지면서 이기는 관계술 : 사람도 일도 내 뜻대로 끌어가는 힘
이태혁 지음 | 위즈덤하우스

적을 만들지 않는 대화법 : 사람을 얻는 마법의 대화 기술 56
샘 혼 지음 | 이상원 옮김 | 갈매나무

《기브앤테이크》

베풂은 100미터 달리기에서는 필요가 없지만,
마라톤 경주에서는 진가를 발휘한다.
— 애덤 그랜트

'가는 정이 있어야 오는 정이 있다'는 속담이 있다. 지나치게 타산적이
라는 느낌도 들지만, 이런 '기브 앤 테이크' 정신이 우리의 일상을 지배
하고 있다. 그런데 사람들은 '일단 주고 나중에 받는 것'은 손해라고 생
각한다. '테이크 앤 기브'가 아닌 '기브 앤 테이크'의 순서라면 기분 좋은
관계라고 여긴다.

《기브앤테이크》는 먼저 베풀고 나누는 사람들이 성공 사다리의 맨
꼭대기에 오른다는 것을 보여주는 역설적인 책이다. 저자 애덤 그랜트
(Adam M. Grant)는 하버드대학교 심리학과를 수석으로 졸업하고, 31살이

라는 젊은 나이에 세계 3대 경영대학원인 와튼 스쿨에서 최연소 종신교수로 임명된 조직심리학 교수다. 이 책에서 저자는 충분히 베풀면서도 생산성을 유지하는 사람들의 비결을 밝혀내면서 양보와 배려는 어떻게 성과로 이어지는가를 설파하고 있다.

통념에 따르면 탁월한 성공을 거둔 사람들에게는 세 가지 공통점이 있다. 그것은 타고난 재능과 피나는 노력, 결정적인 타이밍이다. 그러나 이 책은 착한 사람은 꼴찌로 살 수밖에 없다는 통념을 깨고 재능, 노력, 운 뒤에 숨은 성공의 동력은 '기버(giver)'가 되는 것이라고 강조한다. 즉 주는 것보다 더 많은 이익을 챙기려는 테이커(taker)보다, 받는 만큼 주는 매처(matcher)보다, '자신의 이익보다 다른 사람을 먼저 생각하는 기버'가 더 성공할 가능성이 높다는 것을 수많은 사례를 찾아서 논증적으로 보여준다. 저자는 겸손한 세일즈맨, 말더듬이 변호사, 학생들보다 어린 교수가 성공할 수 있었던 이유를 밝혀낸다.

저자는 세계 각국에서 펼쳐진 수많은 최신 심리 실험과 경영학 이론, 그동안 접한 적 없는 독창적인 사례를 들고 있다. 예컨대 오스트레일리아에서 60대 중반 성인 2,000명 이상을 대상으로 조사한 결과, 연간 봉사 시간이 100~800시간인 사람이 100시간보다 적거나 800시간보다 많은 사람보다 더 큰 행복을 느끼고 삶의 만족도도 컸다. 1998년 미국에서 조사한 결과에서도 최소 100시간 이상 봉사활동을 한 성인이 2000년에도 살아 있는 비율이 더 높았다.

비즈니스 세계에서 기버는 상대적으로 드문 부류에 속한다. 그들은 상호관계에서 무게의 추를 상대방 쪽에 두고 자기가 받은 것보다 더 많이 주기를 좋아한다. 기버는 자신이 들이는 노력이나 비용보다 타인의 이익이 더 클 때 남을 돕는다. 심지어 노력이나 비용을 아까워하지 않고 아무런 대가도 바라지 않은 채 남을 돕는다. 시간, 노력, 지식, 기술, 아이디어, 인간관계를 총동원해 누군가를 돕고자 애쓰는 사람이 같은 사무실 안에 있다면, 그가 바로 기버다. 그런데 놀라운 것은 이들의 이타적인 행동은 폭포처럼 널리 퍼진다는 점이다.

뿐만 아니라 이 책은 '위대한 스승은 재능이 있는 사람들을 발견하는 것이 아니라 누구에게나 재능이 존재한다는 사실을 믿는다'는 새로운 명제를 제시하고 있다. 이 책은 출간 전부터 《뉴욕타임스》에 커버스토리로 다루어지며 폭발적인 화제를 불러 모았다. 애덤 그랜트의 생활신조는 '도움이 되는 것'이다. 그가 하루 중 가장 많이 하는 말은 "제가 뭐 도와드릴 일이 있을까요?"라고 한다. 승자 독식은 틀렸다!

당신은 신뢰받는
사람인가?

📖 **이 책은**
신뢰가 이긴다
데이비드 호사저 지음 | 방영호 옮김 | 알키 | 2013년 6월

📖 **같이 읽으면 좋은 책**
말 잘하는 사람보다 신뢰를 얻는 사람이 이긴다
이정훈 지음 | 리더북스

신뢰의 리더십 : 대왕 알렉산더와 애마 부케팔로스
프리츠 헨드리히 지음 | 이재영 옮김 | 이지북

말은 어떻게 공감을 얻는가 : TED 최고의 강의에서 배우는 말하기 비법
이민영 지음 | 라이스메이커

《신뢰가 이긴다》

신뢰받는 것은 사랑받는 것보다
더 큰 영광이다.
– G. 맥도날드

시대를 막론하고 어머니라는 존재는 자식을 위해 몸과 마음을 바치기를 주저하지 않는다. 어머니보다 더 신뢰할 만한 사람은 세상에 없을 것이다. 만약 어떤 기업이 고객들에게 어머니와 같은 신뢰를 얻게 된다면, 그 기업은 대단한 기업일 것이고 성공하지 못할 이유가 없을 것이다. SNS 시대는 평판의 시대다. 어떤 개인이건 기업이건 신뢰를 잃으면 모든 것을 잃는 시대다.

《신뢰가 이긴다》의 저자 데이비드 호사저(David Horsager)는 비즈니스 전략가로서 세계 최고의 리더들이 어떻게 고객과 동료, 직원들의 마음을 얻는지를 직접 보고 듣고 체험하면서 이들의 비결이 바로 '신뢰'임을 깨달았다. 저자는 이 책에서 신뢰의 여덟 가지 원칙을 제시하고 있는데, 그 여덟 기둥은 바로 명료함, 배려, 성품, 역량, 헌신, 관계성, 기여, 일관성이다.

첫째, 사람은 분명한 것을 신뢰하고 불분명한 것은 신뢰하지 않는다. 명료한 비전을 공유함으로서 사람들 사이의 갈등이 사라진다.

둘째, 신뢰를 형성하려면 먼저 상대방에게 마음을 써야 한다. 상대를 인정하고 배려하면 서로의 관계가 형성된다.

셋째, 진정성 있는 성품으로 사람들을 끌어들인다. 진정성이란 한 사람의 생각과 말, 행동에서 일관되게 나타나는 품성을 뜻한다.

넷째, 뛰어난 역량을 갖추어야 사람들을 도울 수 있다. 혼자만의 힘으로 성공한 사람은 아무도 없다.

다섯째, 숭고한 희생과 헌신으로 세상을 변화시킨다. 리더가 헌신하지 않으면 구성원들도 승리하지 못한다.

여섯째, 신뢰는 관계성이다. 깊은 관계로 엮여 있는 조직은 역경과 위기에서 흔들리지 않는다.

일곱째, 성과를 달성하며 기여해야 신뢰를 얻을 수 있다.

여덟째, 일관성 있는 태도로 좋은 평판을 구축한다. 일관된 서비스를 제공하는 것이 브랜드의 평판을 구축하는 최선책이다.

《신뢰가 이긴다》에서 제시하는 '신뢰의 여덟 기둥'은 개인은 물론 기업, 조직, 국가 간에도 통용되는 진리이다. 저자는 말한다.

"신뢰에 관한 한 인생에서 엄청난 기회란 절대로 오지 않는다. 수많은 작은 기회들이 올 뿐이다. 사람들은 그 사람이 주위 사람들의 시선과 환경에 상관없이 일관된 성품과 능력을 보여주는가에 주목한다. 일관된 태도를 유지하는 사람에게는 기회가 열려 있다. 늘 한결같은 사람들이 영향력을 얻고 신뢰를 쌓는다."

신뢰는 금전이 아니라 삶과 비즈니스에 필요한 신용이다. 사람들은 서로 신뢰하는 분위기에서 창의성을 한껏 발휘하고, 동기부여를 받으며, 높은 생산성을 유지하고, 팀을 위해 몸과 마음을 바치려 한다. 신뢰는 결국 인간관계에 관한 것이다. 만약 당신의 기업 혹은 당신 개인에 대한 신뢰가 무너진 상황이 생겼다면 어떻게 해야 할까? 기업의 브랜드, 심각하게는 당신의 이름이 더 이상 영향력을 발휘할 수 없게 되었다면? 하루빨리 신뢰를 회복하는 것이 중요하다. 결국 신뢰를 잃은 기업이나 개인은 성공할 수 없기 때문이다. 인정받는 사원, 평판 좋은 동료, 존경받는 리더의 성공 원칙은 신뢰다. 어려울 때 끝까지 옆에 있어 주는 사람이야말로 신뢰할 수 있는 사람이 아닐까?

사람들은 결국, 믿을 수 있는 사람을 곁에 둔다!

관계를 좌우하는
매력의 힘

📖 **이 책은**
매력 자본 : 매력을 무기로 성공을 이룬 사람들(원서 : Honey Money)

캐서린 하킴 지음 | 이현주 옮김 | 민음사 | 2013년 2월

📖 **같이 읽으면 좋은 책**
사람은 무엇으로 성장하는가 : 30년간 500만 리더들의 삶을 바꾼 기적의 성장 프로
젝트

존 맥스웰 지음 | 김고명 옮김 | 전옥표 감수 | 비즈니스북스

나는 남들과 무엇이 다른가 : 나의 가치를 높이는 절대적 질문

정철윤 지음 | 8.0(에이트 포인트)

끝까지 해내는 힘 : 세상의 상식을 거부한 2014 노벨물리학상 수상자 나카무라 슈지
이야기

나카무라 슈지 지음 | 김윤경 옮김 | 문수영 감수 | 비즈니스북스

《매력 자본》

> 중요한 것은 미학이다.
> 매혹적인 물건은 효용이 더욱 크다.
> – 돈 노먼

매력적인 사람은 우선 사람들의 눈길을 잡아끈다. 우리는 잘생기고 맵시 있는 사람에게 호감을 느낀다. 빼어난 미인은 주변 사람들뿐만 아니라 세계인의 마음을 고스란히 사로잡을 수 있다. 현대인은 주변에 같이 사는 사람들보다 TV나 영화의 스크린 속에 살아 있는 매력적인 주인공들에게 빠져서 사는 경우가 허다하다. 직장 생활도 매력이 좌우한다. 옆자리 동료가 승승장구하는 진짜 이유는 무엇일까?

《매력 자본》은 사람들이 지닌 매력을 '매력 자본'이라고 이야기한다. 매력 자본을 맨 처음 설명한 사람은 프랑스의 사회학자 피에르 브르디

에다. 그는 1983년 발표한 한 논문에서 매력 자본은 경제 자본, 문화 자본, 사회 자본에 이어 현대 사회를 규정하는 제4의 자산이라고 설파했다. 유명 배우의 개런티나 CF모델의 개런티가 수억 원, 수십억 원을 호가한다는 말을 들으면 수긍이 되는 말이다.

《매력 자본》의 저자 캐서린 하킴(Catherine Hakim)은 10년 동안 영국 고용부의 사회과학 분과에서 수석연구원을 지내면서 노동시장과 사회적 태도 변화, 사회 내 여성의 지위에 대한 이론을 연구했다. 저자는 이 책에서 매력 자본의 여섯 가지 요소를 밝히고, 사적인 관계에서뿐만 아니라 모든 사회적 관계망, 즉 직장, 정치, 공공 영역에서 매력 자본이 지닌 영향력을 보여주고 있다. 매력 자본은 회의실에서 침실에 이르기까지 인생의 모든 부분에서 지능만큼이나 중요한 요소다.

매력 자본의 첫 번째 요소는 아름다운 외모다. 문화나 시대별로 또 개인적 취향에 따라 다르지만 아름다운 외모는 항상 중요한 요소다. 두 번째 요소는 성적 매력이다. 주로 섹시한 몸에서 발산되는 각자의 개성과 스타일이 사람의 마음을 잡아끄는 법이다. 세 번째 요소는 사회적 요소이다. 우아함과 매력적인 제스처 등으로 사람들이 자신을 좋아하게 만드는 인간관계의 기술이다. 네 번째 요소는 활력이다. 신체적 건강함과 유머와 기지, 활력이 넘치는 사람은 다른 사람의 마음을 사로잡을 수 있다. 다섯 번째 요소는 스타일이다. 옷 입는 스타일, 화장법, 향수, 보석 등의 장식품, 헤어스타일로 자신의 사회적 지위와 스타일을 세상에 표현하는 방식이다. 여섯 번째는 섹슈얼리티다. 테크닉, 열정, 야한 상상력, 장난기 등 성적 만족감을 주는 파트너가 되는 데 필요한 요소다.

이 책은 이렇게 매력 자본의 여섯 가지 요소를 밝히면서 신체적, 사회적 매력이 친구, 애정, 결혼 관계에서 어떤 영향을 끼치고 있는지 구체적 사례를 들어 밝히고 있다. 남성은 키가 크면 경제적으로 유리하다는 사실은 널리 알려져 있다. 미국 대통령들은 대부분 키가 컸거나 최소한 라이벌보다는 컸다. 평균적인 사람들이 100만 원을 벌면 비만인 사람은 86만 원을 번다. 매력적인 남성이 14~28%를 더 벌고, 매력적인 여성은 12~20%를 더 번다.

그런데 왜 사람들은 지금까지 매력 자본을 인정하지 않았을까? 왜 젊은이들은 확실한 무기인 이 매력 자본을 적극 활용하지 않을까? 이는 매력 자본을 독점할 수 없는 특정 계층의 필요에 따라 억압받아 왔는지도 모른다는 것이 저자의 분석이다. 저자는 매력 자본은 타고나는 것이 아니라 지능처럼 관리하고 발전시킬 수 있다고 말한다. 매력 자본도 IQ나 키처럼 측정할 수 있고 발전시킬 수 있다. 매력 자본은 새로운 욕망의 정치학을 만들어내고 있다.

상사는 모르는
부하직원의 속마음

📖 **이 책은**
부하직원이 말하지 않는 진실 : 존경받는 리더가 되기 위해 알아야 할 26가지
박태현 지음 | 책비 | 2014년 8월

📖 **같이 읽으면 좋은 책**
무엇이 조직을 움직이는가 : 당신이 간과하고 있는 명료함의 힘
패트릭 렌치오니 지음 | 홍기대, 박서영 옮김 | 전략시티

무엇이 당신을 최고로 만드는가
스티브 올셔 지음 | 이미숙, 조병학 옮김 | 인사이트앤뷰

서른, 사람을 얻어야 할 시간
아사이 고이치 지음 | 이용택 옮김 | 토네이도

《부하직원이 말하지 않는 진실》

의사소통에서 제일 중요한 것은
상대방이 말하지 않은 소리를 듣는 것이다.
– 피터 드러커

뛰어난 역량으로 회사에서 인정받고 승승장구하던 한 리더가 푸념을
한다. 아무리 애를 써도 직원들이 따라오지 않는다는 것이다. 주변 사람
들에게 조언도 구해보고 다양한 노력을 해보았지만 잠깐 좋아지는 듯
하다가 시간이 지나면 원래대로 돌아간다고 푸념이다.

그런데 그 리더가 이끄는 조직의 직원은 아이러니하게도 정반대의
이야기를 한다. 문제는 직원에게 있는 것이 아니라 오히려 리더에게 있
다는 것이다. 하나의 목표를 향해 가는 조직에서 이와 같은 현상이 벌어
지는 이유는 대체 무엇일까?

《부하직원이 말하지 않는 진실》은 존경받는 리더가 되기 위해 당신이 알아야 할 내용을 꼭꼭 집어내고 있다. 리더와 부하직원이 대립하게 만드는 문제점들을 26가지로 나눠 그 원인과 해결법을 구체적으로 설명하고 있는데, 목차만 들여다봐도 책의 내용을 쉽게 알 수 있고 얻는 것이 많은 책이다. 리더십과 조직개발 전문가인 저자 박태현은 이 문제를 경영 현장에 존재하는 착각에서 비롯된 현상이 소통의 부재로 이어진 것이라 설명한다.

이 책은 직원들의 동기 유발에 관한 리더의 착각, 권위에 관한 리더의 착각, 사람을 보는 안목에 관한 리더의 착각, 직원의 일하는 방식에 관한 리더의 착각을 말하고 그리고 그 진실을 해법으로 내놓고 있다.

평범한 리더가 갖고 있는 26가지 착각 중 첫 번째는 '하나를 알려주면 열을 안다'고 믿는 것이다. 하지만 진실은 '직원들이 당신의 말을 제대로 알아들을 확률은 5%에 불과하다'이다. 당신은 한 번 얘기한 말을 직원들이 한 번에 알아듣고 척척 알아서 하기를 바랄 것이다. 그러나 현실은 정반대다. 한 번 말해서 알아듣는 직원을 만났다면 운이 아주 좋은 것이다. 대부분의 직원은 못 알아듣고도 고개를 끄덕인다. 최고의 경영자로 꼽히는 GE의 전 회장 잭 웰치는 "열 번 말하기 전에는 한 번도 말한 것이 아니다"라며 반복적인 커뮤니케이션의 중요성을 강조한다.

평범한 리더가 갖고 있는 두 번째 착각은 '회식을 하면 침체된 분위기가 좋아진다'고 믿는 것이다. 그러나 진실은 '회식! 직원들의 70%가 싫어한다'이다. 직원들은 회식도 일의 연장이라고 믿는 경향이 있다. 그렇다고 회식을 아예 하지 말라는 뜻은 아니다. 당신이 진정 소통을 원한다면 직원들과 수시로, 일대일로 만나라는 것이다.

《부하직원이 말하지 않는 진실》은 이렇게 26가지 착각과 진실을 밝혀내고 있는데, 모두 고개가 끄덕여지는 내용이다. 그중 눈에 띄는 것은 평범한 리더는 '물질적인 보상이 직원들을 열심히 일하게 한다'고 착각한다는 점이다. 그러나 진실은 '직원들이 당신에게 진짜 원하는 것은 따로 있다'이다. 물질적인 보상은 직원들을 영원히 만족시킬 수 없다. 물질적인 보상은 그 효과가 지속되기 어렵고, 잘못 운용하면 직원들의 동기를 오히려 떨어뜨린다. 물질적인 보상은 장기적으로 직원들을 이기주의자로 만든다. 그리고 평범한 리더는 '곁에 데리고 쓸 만한 인재가 없다'고 착각하고 있는 경우가 많다. 그러나 그 진실은 인재가 없는 것이 아니라 '인재를 보는 눈'이 없는 것이다. 직원은 정확히 기대하는 만큼 성장한다. 또한 평범한 리더는 '창의적인 인재는 따로 있다'고 착각한다. 그러나 그 진실은 '창의적인 인재는 창의적인 조직 문화에서 나온다'이다.

다른 사람과 함께
잘 살아가는 법

📖 **이 책은**

투게더 : 다른 사람들과 함께 살아가기(원서 : Together)

리처드 세넷 지음 | 김병화 옮김 | 현암사 | 2013년 3월

📖 **같이 읽으면 좋은 책**

감성사회 : 감성은 어떻게 문화 동력이 되었나

서동진, 김왕배, 김지수, 강혜종, 소영현, 최기숙, 후샤오전, 김기완, 이하나, 앤서니 펑 지음 | 글
항아리

생각은 죽지 않는다 : 인터넷이 생각을 좀먹는다고 염려하는 이들에게

클라이브 톰슨 지음 | 이경남 옮김 | 알키

관계 수업 : 사람 때문에 매일 괴로운 당신을 위한

데이비드 번즈 지음 | 차익종 옮김 | 흐름출판

《투게더》

마음을 하나로 모으면 그 누구도 꺾을 수 없는 법.
큰일이건 작은 일이건 마음이 하나되면
세상에 못할 일이 없단다.
– 박노해

미국의 사회학자 리처드 세넷(Richard Sennett)은 어느 날 손자가 다니는
영국의 한 공립초등학교 교내 방송에서 흘러나오는 노래를 듣다가 깜
짝 놀랐다.

"엿 먹어. 엿이나 실컷 처먹어. 왜냐하면 네가 진짜 싫으니까. 너네 패
거리 전부가 진짜 싫거든!"

이 놀라운 가사에 맞추어 아이들이 엉덩이를 흔들며 환호하고 있었
기 때문이다. 여기서 세넷은 '우리'와 '너희'라는 대립, 즉 현대 사회에
팽배한 부족 이기주의에 주목한다. 《투게더》는 '우리'와 '너희' 사이의

차이를 극복하고 '함께' 가는 길을 시작하자고 말한다. 세넷이 찾은 협력의 역사적 사례는 길드의 작업장, 르네상스의 예술, 파리의 코뮌, 월스트리트의 노동자, LA의 코리아타운, 페이스북의 친구 맺기 등 실로 다양하고 광범위하다. 저자는 사람들이 거리에서, 학교에서, 일터에서, 지역에서, 정치에서, 온라인에서 어떻게 협력하고 대화할 수 있는지 치밀하게 탐구한다.

저자는 젊은 사회학자였던 1970년대에 보스턴 백인 노동자의 100여 가구를 인터뷰했던 기억을 떠올리고 있다. 이들 노동자들의 업무는 거의 대부분 '영혼 없는 시스템'이라고도 부르는 '한 장소에 고정된 작업', 즉 노동의 기계적 분업이었다. 저자는 그런 좋지 않은 환경에서도 강력한 비공식적 연대를 통해 강력한 협력공동체를 만들어냈던 노동자들을 발견했다. 하지만 저자는 "20세기는 연대의 이름을 내걸고 협력을 왜곡했다."고 진단한다.

소셜 네트워크가 지배하는 오늘날은 어떠한가? 소비사회의 내면화된 불평등은 사람보다 상품에 더 의존하는 아이들을 양산해내고 있다. SNS의 영향권 아래 있는 젊은이들은 '친구 맺기'를 통해서만 만난다. 직접 만나서 나누던 우정이 페이스북으로 대체되면서 우정도 특이한 형태로 상업화되었다. 저자가 사는 마을의 한 여고생이 그 지역 신문과의 인터뷰에서 자신의 페이스북 친구가 639명이고 그들 대부분을 알고 있지만 만나본 사람은 거의 없다고 밝혔다. 그녀가 그들에 대해서 아는 것은 모니터 상에 올라오는 정보가 전부이다.

리처드 세넷은 《투게더》에서 현대 사회는 '사회적 수리(social repair)'가 필요하다고 진단한다. 수리하는 데는 세 가지 방법이 있다. 복원, 교정, 구조 변경이 그것인데 파손된 물건을 새것처럼 보이게 만들거나, 기능을 개선시키거나, 완전히 바꾸어버리자는 것이다. 저자는 실제로 일을 하는 데 필요한 인간의 특별한 기술인 '협력'을 강조하고 있다. 저자의 주된 문제의식은 협력이 '사회적인 것'을 구성하는 원리가 될 수 있다는 것과 이를 위해서는 협력을 하나의 '실기', 즉 기술로 파악해야 한다는 것이다. 우리는 질서보다 더 협력할 능력이 있으며, 사기(士氣, 씩씩하고 굽힐 줄 모르는 마음가짐)를 복구하고 상처를 회복할 수 있다.

공동체를 어떻게 튼튼하게 만들까? 세넷은 공동체 자체가 소명이 될 수 있는지 묻고 있다. 그는 "세계 속으로 들어가는 과정으로서의 공동체, 사람들이 일대일 관계의 가치와 그런 관계의 한계를 모두 실현해내는 과정으로서의 공동체를 생각하고 싶다."고 결론짓는다.

난세를 극복하는
용인술 교과서

《남다르게 결단하라, 한비자처럼》

> 천하와 국가를 다스리는 요점은
> 사람을 씀에 있을 따름이다.
> — 정도전

사람들은 먹고사는 것 이상의 의미를 사업에서 찾는다. 사업을 하고 회사를 만든다는 것은 성공에 대한 개인적 야망이 있기 때문이다. 오늘날 성공한 기업가들은 흔히 과거에 난세를 헤쳐 나온 패자(覇者)들에 비유되기도 한다. 과거에는 영토를 확장하기 위한 게임이 있었다면, 지금은 국경을 넘나드는 무제한의 게임이 있다. 거기에는 온갖 지모와 전략과 전술이 필요하다.

그래서 전쟁에 응용되던 《손자병법》,《한비자》 등에 있는 병법과 술책이 기업의 운용과 관리에 쓰이고 있다. 《남다르게 결단하라, 한비자처럼》은 동양의 마키아벨리로 불리는 한비자의 사상을 알기 쉽게 다루고 있다.《한비자》는 사실상 역사서에 가까운 사상서다. 한비자는 인간 관계를 철저하고 냉엄하게 해부한 것으로 유명한데, 제자백가서 가운데《한비자》처럼 풍부한 역사적 사례가 실려 있는 책은 없다. 인류의 역사를 보면 모든 성공과 실패의 이면에는 음모와 야합, 권모술수와 배신이 존재한다. 이러한 인간 불신의 철학을 집대성해서 그에 대처하는 방법을 체계화한 사람이 한비자다.

최고의 지략가였던 제갈공명은 유비의 아들 유선이 황태자에 책봉되었을 때《한비자》를 읽으라고 권했다. 이 책에 기술돼 있는 병가적 사상을 조직의 리더가 갖춰야 할 인간 경영의 지침이자 제왕학의 근본으로 인정했던 것이다.

삼성그룹을 창업한 이병철도 한비자의 가르침을 충실하게 따른 경영자다.《한비자》에서는 리더의 유형을 다음 세 가지 부류로 나누고 있다.

"삼류 리더는 자신의 능력을 사용하고, 이류 리더는 남의 힘을 사용하며, 일류 리더는 남의 능력을 사용한다."

최고의 리더들은《한비자》에 실려 있는 용인술과 천하 통일의 방략에 매혹되곤 한다. 그런 점에서 이병철은 남의 능력을 최대한 활용한 리더라 할 수 있다.

그는 삼성을 경영하는 50년 동안 단 한 번도 서류에 결재를 하거나 수표에 도장을 찍지 않았다. 그는 사업 초기에는 지배인에게 그 일을 맡겼고, 대그룹을 이룬 후에는 계열사 사장들에게 그 일을 위임했다.

중국은 전란 시대가 길고 평화 시대는 짧았다. 수천 년 동안 드넓은 중국 대륙은 늘 영웅호걸들이 나타나 패권을 다투는 각축장이었다. 한비자는 그런 춘추전국시대를 살았던 사람으로서 난세를 이기고 성공하는 법을 제시했다. 그중 부하를 통솔하는 다섯 가지 방법을 살펴보면 다음과 같다.

첫째, 공을 세운 사람에게는 상을 주고 실책을 범한 사람에게는 벌을 주는 권한을 확고히 정립하라. 둘째, 근무 평가를 엄격하게 하라. 셋째, 부하에게 좋고 싫은 감정을 드러내지 마라. 넷째, 가끔 부하에게 예기치 못한 질문을 던져라. 다섯째, 알고 있으면서도 모른 척하고 물어보거나 의도적으로 꾀를 내서 부하의 의중을 떠보라.

한비자의 이러한 가르침은 수천 년간 중국을 비롯한 동남아 유교문화권에서 널리 애용됐다. 대부분의 경영인들은 기업의 운명을 좌우하는 고독한 결단을 내리는 경우가 많은데, 한비자는 혼자가 아닌 부하들과 함께 갈 수 있는 방법을 제시하고 있다.

21세기의 무한 경쟁의 상황 속에서 회사 내 리더들과 부하직원들은 인간관계에 대해 저마다의 어려움이 있다. 진정한 리더십과 팔로워십을 찾고 싶다면 한비자의 난세 리더십을 깊숙이 연마할 필요가 있다.

PART 4

성공 편

매너리즘에 빠진
직장인들에게 고함

《나에게 사표를 써라》

위대함과 평범함의 차이는
자기 자신을 매일매일 재창조할 수 있는
상상력과 열망을 갖고 있느냐 없느냐 하는 것이다.
– 톰 피터스

누구나 일을 하면서 생계를 유지한다. 삶에 있어서 중요한 것들이 많지만 그중 가장 중요한 것은 바로 일을 잘하는 것이다. 주어진 본업에서 탁월성을 발휘하는 것, 그게 바로 당신의 일이다.

하지만 많은 젊은이들이 지금 하는 일에 불만을 갖고 있다. 한 통계 자료에 따르면, 직장인들의 70%는 자신의 일에 불만을 갖고 있다.

《나에게 사표를 써라》는 현재 몸담고 있는 회사와 환경을 탓하며, 습관처럼 이직과 독립을 생각하는 직장인들에게 "지금의 자신에게 종말을 고하고 새로운 자신으로 새롭게 태어나라"고 강조한다.

저자 한근태는 전문 경영 컨설턴트로서 매너리즘에 빠진 직장인들을 위해 이 책을 통해서 따끔한 일침을 놓고 있다. 저자는 핀란드 헬싱키대학에서 경영학 석사학위를 받은 후, 한국리더십센터 소장을 역임하며 수많은 기업을 상대로 리더십, 개인과 조직의 성공을 주제로 열정적인 강의를 펼치고 있다.

대부분의 직장인들에게 일이란 숭고한 밥벌이가 아니고 직장은 가슴 뛰는 꿈을 실현하는 자리가 아니다. 단지 밥벌이의 지겨움만을 안겨주는 삶의 누추한 현장이다. 그런 사람들에게 저자는 좋은 직장이란 무엇인가, 어떤 일이 가치 있는 일인가를 묻고 있다. 강도나 조폭도 일은 한다. 그러나 그들이 열심히 일할수록 사회는 망가진다. 내가 하는 일이 사회적으로 가치가 있는 일인지 따져봐야 한다. 일에는 귀천이 없다고 하지만 많은 것을 배우고 깨달을 수 있는 일이 있는 반면 그렇지 못한 일도 있다. 매일 반복되는 일, 머리를 쓰지 않아도 누구나 할 수 있는 일, 배울 것이 없는 일은 가치가 낮다.

《나에게 사표를 써라》는 "지금 하는 일에 만족하는가? 평생 이 일을 하면서 살 자신이 있는가?" 묻고 있다. 당신이 진정 변화와 성공을 꿈꾼다면 직장이 아닌, 직업을 가져라! 저자가 말하는 성공 비결은 단순하면서도 간단명료하다.

첫째, 최선을 다해 계속 도전할 것. 둘째, 실패를 두려워하지 말 것. 셋째, 실패에서 배우되 실수를 반복하지 말 것. 이 세 가지다. 이 세 가지를 이루기 위해서는 커리어 개발의 네 가지 기술이 필요하다. 첫째, 경력 관리와 필요성에 대한 목마름이 있어야 한다. 둘째, 목표를 설정하고 꾸준한 노력을 기울여야 한다. 셋째, 자신의 현 상황을 잘 파악해야 한다. 그런데 목표는 거창하게 세웠는데 목표를 달성할 역량이 부족하다면? 넷째, 목표와 현 상황 사이의 갭을 줄이는 것이다. 여기에는 몇 가지 주의할 점이 있지만 약점보다 강점에 집중하는 것이 필요하다. 무엇이 될지 보다 무엇을 할지를 목표로 정하라. 이렇게 커리어 관리를 하면 후회하지 않는다.

내 시장 가치는 얼마인가? 자신의 몸값을 스스로 책임지는 것이 시장의 원리다. 경력은 미래를 책임지는 자산이다. 커리어 관리가 답이라는 것을 명심해야 한다. 회사와 스펙, 환경을 탓하기 전에 일의 주도권을 잡는 법부터 배워야 한다.

이상적인 것은 자신이 하는 일을 좋아하고, 일을 통해 자신도 발전하고 조직도 발전하며 사회에 기여도 하게 되는 일이다. 무엇을 위해 일하는지를 알아야 성장한다. 내 일을 지켜야 일이 나를 지켜준다. 좋아하는 일을 찾아 죽을 때까지 일을 즐겨라. 일을 통해 존재를 증명하라. 그리하여 대체 불가능한 사람이 되라. 헛발질은 이제 그만, 골을 넣어라!

당신은 월급쟁이인가,
프로페셔널인가?

📖 **이 책은**

누가 회사에서 인정받는가 : 회사와 상사를 팬으로 만드는 A플레이어

박태현 지음 | 책비 | 2015년 1월

📖 **같이 읽으면 좋은 책**

처음 리더가 된 당신에게 : 회의진행부터 성과관리, 점심식사 전략까지 리더가 알아
야 할 핵심지식 101

박태현 지음 | 중앙북스

제가 당신의 회사를 망쳤습니다 : 현직 컨설턴트의 고백

카렌 펠란 지음 | 김우리, 정종혁 옮김 | 마로니에북스

태도에 관하여 : 나를 살아가게 하는 가치들

임경선 지음 | 한겨레출판

《누가 회사에서 인정받는가》

일을 망치고 아무것도 배우지 못했다면
당신은 실수를 한 것이다.
일을 망치고 뭔가를 배웠다면
당신은 귀한 경험을 한 것이다.
– 마크 맥파든

회사에서 인정받지 못한 직장인들은 고달프다.《누가 회사에서 인정받
는가》라는 책은 회사에서 인정받지 못해 고민에 빠진 직장인들에게 큰
도움을 줄 만한 내용을 담고 있다.

이 세상에는 두 종류의 직장인이 있다. 하나는 그냥 월급쟁이이고, 다
른 하나는 프로페셔널이다. 월급쟁이는 늘 위축되고 눈치 봐야 할 일이
많다. 반면 프로페셔널은 자신감이 넘치는 당당한 모습이다.

저자 박태현은 다양한 변화 프로젝트와 임직원들의 역량개발 프로그
램들을 직접 디자인해서 현업에서 성공적으로 추진해온 인적자원개발

및 조직개발의 전문가다.

저자는 우선 직장인들에게 차별적인 역량을 키울 것을 주문한다. 어떻게 차별적인 역량을 키울 것인가? 지금 당신이 하고 있는 일은 노가다인가, 프로젝트인가? 회사에서 성공하려면 '자기계발'이 아닌 '역량 개발'에 주력해야 한다. '역량 있다'의 반대말은 '평범하다'이다. 과거에는 직장에서 성공하려면 사다리를 잘 타야 한다고 했다. 하지만 경력에서 가장 위험한 것은 '역량 없는 승진'이다.

인정받는 사람이 반드시 챙기는 세 가지 포인트는 역량, 열정, 소통과 협업이다.《누가 회사에서 인정받는가》에서 말하는 'A플레이어'는 다음과 같은 조건을 만족시키는 사람이다.

첫째, 전문 분야에서 차별화된 역량을 보유하고 있다.

둘째, 어떤 난관에도 식지 않는 열정을 갖고 있다.

셋째, 누구와도 함께 소통과 협업에 능하다.

그렇다면 어떻게 차별적인 역량을 키울 것인가? 어떻게 하면 뜨거운 열정을 유지할 수 있을까? 어떻게 하면 함께 일하는 사람들과 효과적으로 소통하고 협력적인 관계를 형성할 수 있을까? 이 책에서는 누구보다 먼저 자연스럽게 'A플레이어'가 되는 31가지 방법을 제시하고 있다.

회사에서 일한다는 것은 늘 도전이다. 처음 입사했을 때의 초심은 사라지고 시간이 갈수록 힘들어지는 것이 직장 생활이다. 회사에서는 되는 일보다 안 되는 일이 많다. 직장 생활을 하다 보면 누구나 크고 작은 실패를 한다. 한 통계에 따르면 어떤 일에 새롭게 도전했을 때 성공할 확률은 5%밖에 안 된다고 한다.

그러므로 실패했다고 세상이 끝난 것처럼 좌절하지 말아야 한다. 실패는 두 가지 얼굴로 우리를 찾아온다. 하나는 '변화와 성장'이고 다른 하나는 '실망과 정체'이다. 실패하지 않기 위해서 노력하는 것도 중요하지만, 실패했을 때 어떻게 대응하느냐가 더 중요하다. 포기하지 않는 한 그것은 실패가 아니다. 실패는 더 잘하는 방법을 찾아가는 과정이다.

직장에서 가장 행복했던 때가 언제냐고 물으면 많은 직장인들이 상사에게 인정받거나 칭찬을 들었을 때라고 답한다.

직장인에게 상사는 항상 어려운 문제다. 상사를 헐뜯는 사람치고 조직에서 인정받는 사람은 없다. 상사가 찾기 전에 먼저 찾아가자. 상사가 부하직원에게 가장 듣고 싶어 하는 말 가운데 하나가 "술 한잔 사주세요"다. 그만큼 자신에게 먼저 다가오는 직원을 좋아한다. 진짜 인정받는 사람은 회사와 상사를 가리지 않는다. 자신의 진정한 몸값은 지금의 직장에서 받고 있는 연봉이 아니라 지금의 직장을 그만두었을 때 시장에서 얻을 수 있는 연봉이다.

실력과 성품을
겸비하라

《칼과 칼집》

칼이 실력이라면 칼집은 겸손이다.
실력이 좋을수록 겸손해야
그 실력이 더욱 찬란한 빛을 발한다.
– 한홍

명검(名劍)일수록 칼집이 좋다고 한다. 아무리 좋은 칼이라도 칼집이 없으면 간수하기 힘들고 절제하기 힘들어질 뿐만 아니라 자칫하면 자신마저 다치기 쉽다. 말하자면 칼집이라는 것은 그 칼을 제대로 쓰기 위해 필요한 '자기 절제' 혹은 '제어 장치'라고 볼 수 있다. 그것은 좋은 차일수록 브레이크가 잘 작동되는 것과 같다. 영향력 있는 리더가 되려면 칼과 칼집의 두 축을 잘 갖춰야 한다.

《칼과 칼집》의 저자 한홍은 14살에 미국으로 이민 간 1.5세대로서 기독교 신학을 공부한 목회자이다. 그는 한국과 미국 생활을 통해 몸에 밴

양쪽 문화권의 언어와 습성, 가치관들을 걸러서, 진정한 '글로벌 리더십'이 무엇인가를 제시하고 있다. 저자는 '칼'과 '칼집'이라는 은유적 장치에 빗대어 칼과 칼집의 역할을 설파하고 있다.

우선 칼은 현실을 변화시키는 역할을 맡는다. 아무리 좋은 생각과 목표를 갖고 있어도 그것을 실천할 수 있는 능력, 즉 축적한 지식이나 실력의 연마 없이는 아무 일도 할 수 없다. 현대 사회에서 칼의 역할을 하는 것은 콘텐츠나 노하우다.

반면 칼집은 그 칼을 제대로 쓰기 위해 필요한 보조 장치이다. 저자는 칼을 잘 보완해주는 보조적 역할로 부드러운 여유, 자기 절제, 인내, 겸손, 성실함, 건강한 유머 감각 등을 들고 있다.

미국의 바이올린 연주가 아이작 스턴이 중국을 방문했을 때 일이다. 중국 국립관현악단이 어린이 바이올린 경연대회를 열었다. 중국 전역에서 뽑은 10살 안팎의 천재적 어린이들이 스파르타식 훈련을 받고 차이코프스키의 어려운 곡들도 놀라울 정도로 정교하게 연주해냈다. 관현악단의 책임자가 아주 자랑스러운 마음으로 어떻게 들었느냐고 묻자, 아이작 스턴은 이렇게 대답했다.

"어린 나이에 저토록 기교 있는 음악을 연주하는 것에 놀랐고, 그러면서도 이토록 영혼이 없는 음악은 처음입니다."

이 말은 스파르타식 훈련으로 기교는 익힐 수 있지만, 예술에는 기교 그 이상의 무엇이 필요하다는 것이다. 예술의 세계에서 기교는 어느 정도 훈련하면 다 할 수 있지만, 그 이상의 것은 이룰 수 없다. 사람에게는 청각이나 시각 등 오감 외에도 '육감(六感)'이라는 게 있다. 저자는 리더십에서도 오케스트라 전체의 하모니를 이끌어내는 '육감'이 요구된다고 밝히고 있다.

리더십은 힘도 지위도 아니다. 진정한 리더십의 기준은 자신이 얼마나 위대한 업적을 이루었느냐가 아니라, 얼마나 다른 사람이 위대한 일을 행할 수 있도록 도왔느냐로 결정된다. 엘리트는 스스로 성공한 사람이지만, 리더는 남을 성공시키는 코치와 같은 사람이다.

칼을 실력이라고 할 때 칼집은 겸손이며, 인내이며, 침묵이요, 자기절제고, 부드러움이다. 대가일수록 움직임이 부드럽다. 프로 골퍼들의 스윙이나 일류 축구 선수들의 움직임을 보라. 춤을 추듯 부드러우면서도 결정적 순간에는 다이너마이트 같은 폭발력이 뿜어 나온다. 그러한 힘은 인생의 경험과 철학을 깊이 녹여낸 영혼의 힘을 통해서 만들 수 있다.

이 세상이 가장 목말라하는 것은 바로 그러한 리더이다. 그런 리더야말로 이 세상을 사랑의 바다로 만들 것이다. 예리한 실력과 함께 균형 잡힌 성품을 겸비한 리더가 그리운 때다.

성공을 부르는
1만 시간의 법칙

📖 **이 책은**

아웃라이어 : 성공의 기회를 발견한 사람들(원서 : Outliers)

말콤 글래드웰 지음 | 노정태 옮김 | 최인철 감수 | 김영사 | 2009년 1월

📖 **같이 읽으면 좋은 책**

다윗과 골리앗 : 강자를 이기는 약자의 기술

말콤 글래드웰 지음 | 선대인 옮김 | 21세기북스

서른 살 감정공부 : 감정 때문에 일이 힘든 당신에게

함규정 지음 | 위즈덤하우스

내면으로부터 시작하는 리더십 : 우리 삶의 리더가 되다

케빈 캐시먼 지음 | 김정원, 박상언, 이영면, 김영조, 박우성, 김종인, 나인강, 박종훈 옮김 | 시그
마북스

《아웃라이어》

우리가 성공에 대해
알고 있는 것은 전부 틀렸다.
— 말콤 글래드웰

'아웃라이어'는 보통 사람의 범위를 뛰어넘는, 행동과 사고방식이 평범한 수준을 넘어서는 사람들을 지칭하는 말이다. 말콤 글래드웰(Malcolm Gladwell)의 《아웃라이어》는 전 세계적인 베스트셀러로서 성공에 대한 새로운 해석을 시도한 책이다. 이 책은 성공에 대한 이야기인 동시에 사회와 문화, 심리와 철학에 대한 이야기가 가득하다. 우선 이 책은 많은 질문을 던진다. 천재는 정말 타고나는 것인가? 타고난 지능, 탁월한 재능, 끊임없는 열정과 노력이 정말 성공을 보장하는가? '아웃라이어'들이 거둔 모든 행운에 공통되는 요소는 무엇인가?

글래드웰은 뛰어난 직관과 관찰력으로 '아웃라이어'의 탄생은 사회 현상과 무관하지 않다는 것을 발견했다. 한마디로 천재는 그저 탄생하는 것이 아니라 사회와 함께 태어나서 성장한다는 것이다. 예컨대 존 록펠러, 헨리 포드, 앤드루 카네기 같은 한 시대를 풍미한 거부들이 1835년을 전후해서 태어난 것은 무엇을 의미할까? 세계 역사상 가장 부유한 75인 중 14인이 같은 나라에서 같은 시기에 태어나 미국이란 거대 산업 국가를 건설하는 데 기여했다.

우리의 경우도 별반 다르지 않다. 1910년을 전후로 한국 산업화 1세대의 비즈니스 리더들이 태어났다. 삼성그룹 창업주 이병철(1910), LG그룹 창업주 구인회(1907), 현대그룹 창업주 정주영(1915)이 그들이다. 미국은 남북전쟁, 우리는 6·25동란의 잿더미를 딛고 산업화를 이룩했다. 미국에서 컴퓨터의 하드웨어와 소프트웨어를 발전시킨 선구자들이 왜 대부분 1950년대생인지에 대해서도 밝혀낸다.

하지만《아웃라이어》는 어린 시절의 천재성은 어른이 된 후의 성공을 보장하지 않는다는 사실도 밝혀내고 있다. '아웃라이어'들의 성공은 그들만의 작품이 아니다. 그것은 그들이 자라난 세계의 산물이다. 또한 성공은 무서운 집중력과 반복적 학습의 산물이다. 이 책에서 글래드웰은 '1만 시간의 법칙'이란 것을 제시하고 있다. 자기 분야에서 최소한 1만 시간 동안 노력한다면, 누구나 '아웃라이어'가 될 수 있다는 것이다.

1990년대 초, 심리학자 안데르스 에릭손은 베를린 음악 아카데미 학생들을 연구한 '재능 논쟁의 사례 A'라는 연구 결과를 내놓았다. 우선 그는 바이올리니스트들을 세 그룹으로 나누었다. 첫 번째 그룹은 '엘리트'로 장래에 세계 수준의 솔로 주자가 될 수 있는 학생들, 두 번째 그룹은 그냥 '잘한다'는 평가를 받는 학생들, 세 번째 그룹은 프로급 연주를 해본 적이 없고 공립학교 음악교사가 꿈인 학생들이었다. 에릭손의 연구 결과는 놀라웠다. 세 그룹의 학생 중 1만 시간을 연습하지 않은 사람은 아무리 뛰어난 재능을 가졌더라도 아마추어 수준을 벗어나지 못했기 때문이다.

타고난 천재라도 4,000시간을 연습하면 아마추어 수준에 머물지만, 평범한 학생이라도 1만 시간을 연습하면 프로의 경지에 오를 수 있다는 사실이 확인된 것이다. 에릭손은 아마추어 피아니스트들과 프로 피아니스트들을 비교해봤다. 결과는 마찬가지였다. 연구 결과는 어느 연주자가 최고 수준의 음악학교에 들어갈 만큼 재능이 있다면, 실력 차이는 그가 얼마나 열심히 노력하느냐에 달려 있다는 것을 보여준다. 그게 전부다.

덧붙이자면 최고 중의 최고는 그냥 열심히 하는 게 아니라 훨씬, 훨씬 더 열심히 한다.

차가운 머리,
뜨거운 가슴을 가져라

📖 **이 책은**
어떤 사람이 최고의 자리에 오르는가 : 세계 최고들의 공감력 · 소통력 · 표현력(원서 :
Compelling People)
존 네핑저, 매튜 코헛 지음 | 박수성 옮김 | 토네이도 | 2014년 5월

📖 **같이 읽으면 좋은 책**
굿 리더 나쁜 상사 : 주체적인 직장생활을 위한 성공 비법
김대곤 지음 | 한솜미디어

멈추어야 할 때 나아가야 할 때 돌아봐야 할 때 : 느리게 더 느리게, 자신을 찾아가는
세 가지 삶의 시간표
쑤쑤 지음 | 김정자 옮김 | 다연

하버드 새벽 4시 반 : 최고의 대학이 청춘에게 들려주는 성공 습관
웨이슈잉 지음 | 이정은 옮김 | 라이스메이커

《어떤 사람이 최고의 자리에 오르는가》

1966년, 스탠포드대학교에서 어린아이들을 대상으로 '마시멜로 실험'을 진행했다. 아무도 없는 방 안에 아이를 혼자 두고 마시멜로 한 조각을 주면서 먹지 않고 15분을 기다리면 두 개를 주겠다고 약속한 것이다. 그러면서 기다리지 않고 즉시 마시멜로를 먹어도 좋다고 덧붙인 후 아이들의 행동을 살폈다. 결국 많은 아이들이 마시멜로에 굴복하고 말았지만, 몇몇 아이들은 끝까지 참아내 마시멜로 두 개를 받았다.

연구진은 마시멜로를 먹지 않고 끝까지 참아낸 아이들을 추적한 결과, 학업 성적도 훨씬 뛰어나고 청소년기의 방황에도 더 잘 대처한 사실을 알아냈다. 그들이 성인이 되어서도 많은 영역에서 두각을 나타내고 있음은 물론이다.

《어떤 사람이 최고의 자리에 오르는가》는 사람을 강하게 만드는 힘은 의지력이라고 밝히고 있다. 의지력은 기술과 갈망이 결합해 발휘된다. 이 책의 공동 저자인 존 네핑저(John Neffinger)와 매튜 코헛(Matthew Kohut) 은 하버드 경영대학원 커뮤니케이션 코치를 지낸 소통 전문가이다. 이들은 10여 년간 정치, 경제, 문화 등 다양한 분야에서 최고의 자리를 놓치지 않은 빌 클린턴, 오프라 윈프리 등 유명 인사들의 설득력을 집중 분석해 이 책을 내놓았다. 이들의 연구는 하버드와 컬럼비아 대학교 경영대학원에서 강의 교재로 채택됐고, 이 책은 출간 즉시 2013 아마존 올해의 책으로 선정되는 등 전 세계 오피니언 리더들의 주목을 끌었다.

이 책을 관통하는 주제는 강인함과 따뜻함이다. 최고의 자리에 오른 사람은 강인함과 따뜻함을 동시에 지닌 사람들이다. 강인하기만 한 사람은 카리스마가 느껴지지만 고독하다. 따뜻한 정감만 넘치는 리더는 권위가 없다. 강인함은 전형적인 남성다움을 넘어 훨씬 많은 것을 아우른다. 적극성, 유능함, 신체 능력은 꼭 강인함뿐만 아니라 다른 여러 가지 방식으로 나타날 수 있다. 연구 결과를 보면 전반적으로 남성들이 여성들보다 강인함과 따뜻함의 균형 또한 더 잘 이룬다고 한다.

그런데《어떤 사람이 최고의 자리에 오르는가》가 가장 강조하는 것은 당신이 많은 사람들에게 영향력을 발휘하고 싶다면, 상대방의 원(圓) 안으로 들어가야 한다는 것이다.

많은 사람들은 자신과 같은 생각을 하는 사람은 원 안에, 다른 생각을 하는 사람은 원 밖에 두려고 한다. 아무리 강력한 방법으로 상대를 설득하려고 해도 당신이 원 밖의 사람으로 인식된다면 당신은 그들과 아무런 소통을 할 수 없게 된다. 그렇다면 우리는 어떻게 상대의 원 안으로 들어갈 수 있을까?

비결은 의외로 간단하다. 내가 당신과 똑같이 느끼고 있다고 알려주는 것이다. 만약 상대방이 어떤 상황을 불만스러워하는데 당신 역시 같은 기분이라면 그 불만감을 그대로 표출하는 것이다. 만약 상대방이 어떤 일로 행복해하고 있다면 그 행복을 함께 나누라는 것이다. 강인함과 따뜻함의 측면에서 생각해보면, 세상은 차가운 머리와 뜨거운 가슴을 가진 사람을 원한다. 이 책의 저자들은 말한다.

"성공하고 싶다면, 최고의 자리에 오르고 싶다면, 무엇보다 먼저 세상 사람들이 당신에게 원하는 것이 무엇인지를 알아야 한다. 그리고 즉시 그것을 성취할 수 있어야 한다."

미래를 제시하는
리더만이 살아남는다

📖 **이 책은**
리더에게 길을 묻다 : 실전 사례에서 배우는 리더십 원리

송동근 지음 | 정민미디어 | 2014년 7월

📖 **같이 읽으면 좋은 책**
리더는 무엇으로 성장하는가

박낙원 지음 | 가디언

리더십 오디세이

장명기 지음 | 나남

지금 마흔이라면 : 군주론 시대를 뛰어넘는 세상과 인간에 대한 통찰

김경준 지음 | 위즈덤하우스

《리더에게 길을 묻다》

어떤 조직이건 경영 혁신의 첫걸음은
구성원들의 마음을 움직일 수 있는
비전과 목표 제시다.
— 이동현

영어 단어인 '리더(leader)'의 독일어 어원은 '외롭다, 견디다'라고 한다. 리더는 동서고금을 막론하고 외롭고 힘든 자리이다. 그것은 사람을 다루는 일이 어렵기 때문이다. 돈이 있고 권세가 있어도 마찬가지다.

사람들에게 일을 시키기 어려운 이유는 서로의 기대치가 다르고 원하는 미래상이 다르기 때문인 경우가 많다. 훌륭한 리더는 조직의 공동선을 개발해 구성원들에게 제시하고 하나의 목표를 중심으로 뭉치게 하는 능력을 지니고 있는 사람이다.

《리더에게 길을 묻다》의 저자 송동근은 리더십의 일반적인 이론보다는 30여 년간 자신이 겪은 다양한 직장 생활과 강의실에서 만난 수많은 경영인을 관찰한 경험을 바탕으로 실전 사례를 보여주면서 리더십 비법을 제시한다.

이 책에서 가르치는 첫 번째 단계는 리더라면 구성원을 먼저 한배에 태울 줄 알아야 한다는 것이다. 우리가 한 조직에 몸담고 함께 일하는 것은 공동의 목표가 있기 때문이다. 만일 각자의 목표가 다르다면 같은 조직에서 일할 필요가 있을까? 한 가지 목표를 위해서 모인 것이 바로 회사 조직이고 그 안의 작은 조직 역시 마찬가지다. 리더의 역할은 공동의 목표를 확실하게 제시하고 구성원들을 한배에 태우는 것이다.

두 번째 단계는 자신감을 불어넣는 일이다. 구성원들에게 가장 큰 동기 부여를 주는 것은 지금 노력하는 것이 효과가 있을 때이다. 진정한 리더는 구성원들이 하고 있는 일이 잘되고 있다고 느끼게 하고 그들로부터 성과를 도출하는 사람이다.

세 번째 단계는 구성원들의 감성을 건드리는 일이다. 리더가 결정하는 안건은 흔히 많은 구성원들의 행동을 요구하는 경우가 많다. 리더의 실행 계획이 처음부터 구성원들을 이해시키고 행동하도록 만들기는 쉽지 않다. 그렇다면 부하직원들에게 어떻게 동기 부여를 할 수 있을까? 각자 다른 그들에게 동기 부여를 하기 위해서는 역할도 필요하고 전문성도 필요하다.

네 번째 단계는 즐겁게 일하는 분위기를 만드는 일이다. 적절한 내부 경쟁도 시킬 줄 알아야 하고 각자에게 자기 실력을 향상시킬 수 있는 기회를 부여해야 한다. '멀리 가려면 함께 가라'는 말이 있듯이 조직원 각자의 능력을 키워주고 응원해줘야 한다.

다섯 번째 단계는 정치를 하라는 것이다. 조직을 이끌다 보면 아무리 자율성을 존중하고 권한을 위임한다고 해도 결국 지시를 해야 하고 무리한 요구를 해야 할 때가 있다. 리더는 귀신같아야 하고 작심하고 질책할 줄도 알아야 한다. 구성원들의 역할은 감독이 부여하기 나름이다.

마지막으로 위기 상황이나 급하게 목표를 달성해야 할 상황에서 리더가 해야 할 일은 구성원 각자의 멘탈을 흔드는 것이다. 긍정적인 미래를 제시하고 질문으로써 부하직원의 동의를 이끌어내야 한다. 서로 일의 개념을 공유하게 되면 업무 능력은 높아진다. 구성원들이 서로 공감하게 되면 선택권을 맡겨라. 그러면 저절로 힘이 날 수밖에 없다.

그러므로 리더십에서 가장 큰 문제는 공감을 도출해내는 과정이다. 사람들은 자신이 의사결정에 참여한 일이나 자신이 취지를 잘 이해하는 일에 대해서 스스로 동기 부여가 되는 법이다. 이러한 동기 부여는 미래를 함께할 수 있다는 믿음이 있을 때 공감 능력으로 피어난다. 미래를 제시하는 리더만이 살아남는다.

통념을 깨는
창의적인 인재가 되라

《아웃 오브 박스》

인간에 대한 이해 없이는
인간을 위한 좋은 아이디어를 만들어낼 수 없다.
마찬가지로, 소비자에 대한 이해 없이는
소비자를 위한 좋은 아이디어를 낼 수 없다.
따라서 '인간에 대한 이해'가
컨슈머 인사이트의 출발점이라고 봐야 한다.
– 오상진

"창의적 아이디어를 어떻게 만들 수 있을까요?"

지난 14년간 삼성그룹 임직원을 대상으로 창의력 및 아이디어 발상법을 강의해온 《아웃 오브 박스》의 저자 오상진이 가장 많이 받는 질문이란다. 그때마다 그는 이렇게 반문한다. "아이디어가 뭐라고 생각하세요?" 그러면 대부분의 사람들은 '갑자기 떠오르는 번뜩임' '돈이 되는 것' '유레카' '세렌디피티(Serendipity)' '생각의 결과' 등으로 대답한다. 대부분의 사람들은 아이디어가 집단의 고뇌 속에서 나온다고 생각하지 않는다.

《아웃 오브 박스》는 창조적 아이디어가 소수의 천재가 누리는 예외적 특권이 아닌 다수의 평범한 인간이 누릴 수 있는 보편적 권리임을 밝혀내고 있다.

우리가 보지 못하는 것을 끄집어내 멋진 아이디어로 탈바꿈시키는 과정을 '인사이트(Insite)'라고 한다. 심리학자들은 인사이트를 사물의 본질을 꿰뚫어 보는 것이라고 하는데, 글자를 나누어보면 이해하기 쉬울 것이다.

'In(안) + Site(보다)'

그렇다. 인사이트는 안을 들여다보는 행위로, 누구나 아는 상식이 아닌 다른 생각을 얻어내는 과정이다.

《아웃 오브 박스》는 '겉으로 드러나는 것들에 집중하는 것이 아니라 마음의 눈으로 안을 들여다보는 과정'으로 인사이트를 파악하고, '사회적 통념'이라는 박스를 깨는 일이라는 것을 보여주는 책이다. 창의적 아이디어의 출발은 자신이 가지고 있는 사고의 박스를 깨는 일이다.

이 책은 평범한 사람들이 아이디어를 만들어내는 데 필요한 집단 창의성과 그에 대한 전략과 프로세스를 알기 쉽게 풀어냈으며, IDEA를 축으로 'I(Insight)' 'D(Different Thinking)' 'E(Experience)' 'A(Action)'의 네 개 챕터로 구성했다. '휴대 전화에 액정이 없다면?' '카메라에 렌즈가 없다면?' 등처럼 고정관념을 깨는 새로운 발상을 통해 만들어진 가장 획기적인 상품이 날개 없는 선풍기다. 사람들은 선풍기에서 가장 중요한 부분은 날개라고 생각한다. 선풍기는 바람을 만들어내는 제품이고 날개가 없으면 바람을 만들어낼 수 없다고 생각하기 때문이다. 바로 선풍기라는

'패턴 박스'에 갇힌 사고다. 이 패턴을 깨고 세상에 나온 날개 없는 선풍기는 출시되자마자 대박을 터트렸다.

저자는 무엇보다도 문제를 명확히 정의하고 해결해나가는 방법을 네 가지로 정의한다. 발상, 디자인, 실행, 적용으로, 무엇을 어떻게 할 것인가에 가장 초점을 맞추고 있다.

일상에서 아이디어를 많이 만들어내기 위해서는 인사이트를 키워야 하는데, 이것은 휴먼 인사이트, 즉 '인간에 대한 이해에서 오는 것'이라고 저자는 말한다. 일반적으로 휴먼 인사이트는 크게 세 가지로 나뉜다.

그 첫 번째는 성취, 야망, 부, 존경, 권력, 명예, 영향력 등을 말하는 '인간과 사회의 영역'이다. 두 번째는 건강, 사랑, 유대감, 공감, 감정, 갈등, 부부, 친구 등을 말하는 '인간과 정서의 영역'이다. 마지막 세 번째는 행복, 오감, 체험, 본능, 유희, 흥미, 새로움 등을 말하는 '인간의 재미'의 영역이다.

저자는 생각의 박스가 클수록 그리고 그 안에 들어 있는 것이 많을수록 여러 가지 일을 해석하는 능력과 사고력이 좋아진다고 말하고 있다.

사람들의 눈높이에서 그들의 행동을 관찰하는 것은 문제 해결의 가장 기본이다. 그다음 사람들이 스스로 알지 못하는 잠재적 욕구를 확실히 밝히고, 전체를 다시 구성할 수 있도록 만들어주어야 한다. 이때 활용할 수 있는 도구가 '통찰력', '관찰력', '공감력'이다.

통장에
이름표를 붙이자

📖 **이 책은**

월급쟁이 부자들 : 부자아빠 없는 당신이 진짜부자 되는 법

이명로(상승미소) 지음 | 스마트북스 | 2014년 4월

📖 **같이 읽으면 좋은 책**

스마트한 월급 관리의 법칙 : 월급만으로 부자가 된 평범한 직장인들의 30일 재정 관
리 프로젝트

김경필 지음 | 비즈니스북스

월급쟁이 재테크 상식사전 : 회사일이 바빠 재테크는 뒷전인 당신에게

우용표 지음 | 길벗

첫월급을 탔어요 : 새내기 직장인 올리브의 좌충우돌 재테크 정복기

송승용 지음 | YoOSARU 그림 | 엘도라도

《월급쟁이 부자들》

대기업에서 35세가 넘었으면 월급쟁이 부자를 꿈꿔라.
많은 직장인들의 꿈이 회사를 그만두고 창업하는 것이다.
나 역시 그 꿈에 인생을 걸기도 했다.
하지만 35세가 넘으면 월급쟁이로서
부자가 되는 방법을 생각하는 게 보다 건설적이다.
– 김영한

월급쟁이가 부자가 될 수 있을까? 적은 월급으로 어떻게 부자가 된다는 말인가? 저금리 시대라 저축을 해도 별 효과가 없을 것이다. 그렇다고 주식투자를 할 것인가? 주위에는 주식투자로 쪽박을 찬 사람들이 무척 많아서 겁부터 난다. 아니면 월급쟁이가 부동산에 투자를 할 것인가? 이런저런 궁금한 것이 많아서《월급쟁이 부자들》을 꼼꼼하게 읽었다.

이 책의 저자 이명로는 종합금융회사, 자산운용회사, 벤처기업에서 CFO(재무 담당 최고책임자)로 근무하면서 7년간 접한 6,000여 명의 고객들을 살펴본 결과, 직장인으로서 성공한 사람은 자신의 일에서 성공한 사람들이었다는 결론을 내리고 있다. 저자는 그렇다고 재무 설계를 우습게 생각해서는 안 된다고 말한다. 자신의 일에서 성공하려면 더더욱 수입과 지출 통장을 분리하는 등 체계적이고 계획적인 가계 관리가 필요하다는 것이다.

저자는 '상승미소의 똑똑한 재테크'라는 카페를 운영하면서 직장인들에게 조근조근 일러주던 재테크 방법을 책으로 묶어낸 것 같다. 책을 펼치면 '월급쟁이 부자들은 시작부터 다르다'는 말로 시작한다. 지금 아는 것을 20대에 알았더라면 하고 후회하는 사람들이 많다. 그래서 저자는 40대 월급쟁이 부자들을 취재해서 그들의 삶에서 우러나온 경험담과 노하우를 책에 담았다고 한다. 《월급쟁이 부자들》은 월급쟁이가 목돈을 만드는 가장 빠른 시스템은 시작부터 다른 통장 관리 기법에 있다고 말한다.

직장인들은 금리가 낮기 때문에 저축이 우습다는 착각을 하고 있다. 하지만 20대 월급쟁이가 반드시 지켜야 할 것은 월급의 반 이상을 무조건 저축하는 습관이다. 박봉에 쪼들리면서 사는 사람들에게는 너무 뻔한 이야기로 여겨지겠지만 힘이 들더라도 그런 시도를 해보는 것이 좋다. 가령, 통장에 월급이 들어오면 자동이체로 빠져나가게 만드는 것이다. 이때 필요한 것이 통장에 이름 붙이기다. 예금 통장을 3~4개로 쪼개어 해외여행자금, 자녀교육자금, 부모님효도자금 등등 각 통장마다 이름을 붙이라는 것이다. 특별한 통장 이름표가 생기면 명확한 목표가 생기는 것이라서 달성하기가 조금은 쉽게 느껴진다. 당연한 이야기지만 만기까지 유지만 하면, 목돈은 무조건 만들어진다.

지름신이 내린 20대에게는 어림없는 소리로 들리겠지만 자기 돈에, 통장에 이름표를 붙이고 조금만 견디어 낸다면 어려운 일도 아니다. 신용카드를 쓰면서 자신이 얼마나 쓰고 있는지도 모르다가 한 달 뒤에 청구서를 보고 기함을 하는 청춘이라면 반드시 자기 돈에, 통장에 이름표를 붙여보시라. 《월급쟁이 부자들》에는 통장을 분리해 사용하는 실제 팁들이 많이 담겨 있다.

저자는 살아보니 토끼보다 꾸준한 거북이가 빠르더라고 말한다. 20대가 반드시 가져야 할 습관은 월급의 반 이상을 무조건 저축하는 습관이다. 30대가 반드시 가져야 할 습관은 돈을 빌려주지 않는 습관이다. 40대가 반드시 가져야 할 습관은 매니징 능력을 키우는 것이다.

당신이 물려받은 유산도 없고 변호사나 의사처럼 잘나가는 전문직도 아니라면, 명확한 목표를 세우고 꾸준히 지켜나가는 재무 설계 습관을 들이는 것 외에는 달리 방법이 없다.

'수요 창조자'가
시장을 지배한다

📖 **이 책은**

디맨드 : 세상의 수요를 미리 알아챈 사람들(원서 : Demand)

에이드리언 슬라이워츠키, 칼 웨버 지음 | 유정식 옮김 | 다산북스 | 2012년 3월

📖 **같이 읽으면 좋은 책**

프로핏 레슨 : 최고의 이익을 만드는 23가지 경영수업

에이드리언 슬라이워츠키 지음 | 조은경 옮김 | 다산북스

승자의 결정 : 마지막 순간까지 결정을 고민하는 사람에게

아론 산도스키, 브린 젝하우어 지음 | 김순미 옮김 | 유승용 감수 | 위즈덤하우스

당신은 전략가입니까 : 세계 0.1%에게만 허락된 특권, 하버드경영대학원의 전설적 전략 강의

신시아 A. 몽고메리 지음 | 이현주 옮김 | 리더스북

《디맨드》

> 일을 선택할 때에는 자신의 소질과
> 사회의 수요를 함께 생각해보아야 한다.
> – 마하트마 간디

모든 경영자는 블루오션을 꿈꾼다. 과거 굴뚝산업시대는 제품을 만들기만 하면 팔리던 시대였다. 반면 3차 산업혁명이 시작된 21세기는 소비자가 시장을 주도하는 시대다. 소비자는 영리해졌고, 인터넷과 모바일 기기를 통해 한 번의 클릭이나 터치로 제품을 선택한다. 경제를 움직이는 가장 기본적인 에너지는 소비자의 수요다.

《디맨드》는 다른 사람들보다 세상의 수요를 미리 알아챈 사람들만이 블루오션을 창조하고 시장을 지배한다는 경제 원리를 밝혀 놓은 책이다. 저자 중 한 사람인 에이드리언 슬라이워츠키(Adrian J. Slywotzky)는 피터 드러커, 잭 웰치 등 경영 구루와 함께 《인더스트리 위크》가 선정한 '가장 영향력 있는 경영 사상가 60인'에 이름을 올릴 정도로 유명한 경영의 대가이다. 저자들은 세상의 수요를 한발 먼저 예측한 기업이 어떻게 대박 신화를 써나가는지 여섯 가지 수요 창출의 원리를 밝히면서 명쾌하게 분석하고 있다.

여섯 가지 원리 중 첫째는 매력이다. 수요 창조자들은 매력적인 제품이 '아주 좋은' 제품과는 다르다는 점을 간파하고 소비자가 '나는 그 제품을 사랑한다고요!'라는 느낌을 가질 때까지 제품 개발을 멈추지 않는다. 그리고 경쟁사들이 따라올 수 없을 만큼 탁월한 제품을 만들어낸다.

둘째, 고객의 고충 지도를 잡아주는 것이다. 자신이 사용하는 제품에 만족하지 못하면서도 계속 사용하는 소비자들이 많다. 수요 창조자들은 소비자가 무의식 속에서 느끼는 불편 사항들을 파악하여 그 고충을 거대한 기회의 시장으로 보고 그것을 바로잡는다.

셋째, 배경 이야기를 창조하는 것이다. 수요 창조자들은 제품 그 자체 외에 제품의 스토리를 만들어낸다. 애플의 스티브 잡스는 아이팟, 아이폰, 아이패드에 이르기까지 많은 스토리를 만들어내면서 소비자의 마음을 사로잡았다.

넷째, 방아쇠를 찾아야 한다는 것이다. 창조하는 데 있어 가장 큰 장애는 소비자의 관성, 의심, 습관, 무관심이다. 위대한 수요 창조자들은 소비자의 마음속에서 무언가가 방아쇠를 당겨 행동하도록 만드는 결정적 재능을 갖고 있다.

다섯째, 궤도를 구축하는 것이다. 제품의 출시에서 끝나는 것이 아니

라 후발 주자들이 따라올 수 없도록 빠른 속도로 제품을 개선해나가야
한다.

마지막 비결은 다변화에 있다. 수요 창조자들은 '평균적 고객'이란 개
념은 전혀 근거가 없으며, 소비자들은 다양한 욕구와 복잡한 고충 지도
를 갖고 있는 탓에 다변화된 마케팅을 실시해야 함을 알고 있다.

'간단한 동작만으로 집에서도 커피를 만드는 기계가 있다면 얼마나
좋을까?' 전 세계적으로 엄청난 판매고를 올린 네스프레소의 커피머신
은 이 간단한 생각 하나로 블루오션을 창조했다.

이 책에서 저자들은 폭발적인 수요를 창출하는 것이 불황과 위기의
경제를 살리는 길임을 역설하고 있다.

"수요는 특이한 형태의 에너지이다. 그것은 경제에서 시장으로, 시장
에서 기업으로, 기업에서 우리의 급여에 이르는 크고 작은 많은 바퀴들
을 세계의 이곳저곳에서 돌려대는 에너지이다. 모든 것들이 수요에 의
존하고 있다. 수요가 없다면 성장은 지체되고 경제는 불안정해지며 진
보는 멈춰버리고 만다."

매출을 올리는
입소문 마케팅의 힘

📖 **이 책은**

컨테이저스, 전략적 입소문 : 와튼스쿨 마케팅학 최고 권위자가 전하는 소셜 마케팅 전략

조나 버거 지음 | 정윤미 옮김 | 문학동네 | 2013년 9월

📖 **같이 읽으면 좋은 책**

디퍼런트 : 넘버원을 넘어 온리원으로

문영미 지음 | 박세연 옮김 | 살림Biz

콕콕 집어주는 친절한 소셜 마케팅 : 네이버블로그, 페이스북, SNS마케팅 성공전략

장종희 지음 | 에듀웨이

스틱! : 1초 만에 착 달라붙는 메시지, 그 안에 숨은 6가지 법칙

칩 히스, 댄 히스 지음 | 안진환, 박슬라 옮김 | 엘도라도

《컨테이저스, 전략적 입소문》

하룻밤 사이 온 세상을 호령하는 아이디어가 있는가 하면 세월이 흘러도 사람들의 이목을 끌지 못하는 아이디어도 있다. 대부분의 음식점이 개업 후 얼마 버티지 못하고 문을 닫고, 많은 중소기업이 도산한다. 또한 별다른 호응을 얻지 못한 채 사라진 사회운동도 많다. 반대로 특정 제품, 아이디어, 행동이 인기를 끄는 이유는 무엇일까?

《컨테이저스, 전략적 입소문》은 마케팅의 성공과 실패 원인을 분석하고 소셜 미디어의 등장 속에서 진화하는 '바이럴 마케팅(입소문 전략)'에 대해 설명한 책이다.

저자 조나 버거(Jonah Berger)는 펜실베이니아대학 와튼스쿨 마케팅학 교수로서 소셜 마케팅 전략의 최고 권위자이며, 마이크로소프트, 구글, 페이스북, 글락소스미스클라인 등 세계적인 기업에서 강연과 자문 활동을 하고 있다. 그는 바이럴 효과의 원인을 면밀하게 분석하기 위해 선풍적인 인기를 끈 제품과 브랜드부터《뉴욕타임스》의 '가장 많이 이메일로 공유된 기사', 유튜브 동영상, 선거철의 주목받는 공약, 베스트셀러에 오른 책, 유독 많이 지어진 신생아의 이름까지, 사회적인 파급력이 높은 온갖 사례들을 10년간 연구했다.

이 책에서 저자는 소셜 화폐의 법칙, 계기의 법칙, 감성의 법칙, 대중성의 법칙, 실용적 가치의 법칙, 이야기성의 법칙 등 여섯 가지 바이럴 마케팅 원칙을 통해 최소 비용으로 최대의 효과를 얻는 핵심 방법을 알려주고 있다.

오늘날 사람들은 이야기, 뉴스, 정보를 주변 사람과 공유하기를 좋아한다. 친구를 만나면 유명 휴양지에 대한 정보를 주고받으며, 이웃과는 가까운 매장의 할인 정보를 공유하고, 직장 동료와는 정리해고의 가능성을 두고 대화를 나눈다. 영화 관람 후에는 인터넷에 후기를 남기며, 페이스북에 떠도는 소문을 공유하고, 방금 시도해본 요리법을 트위터에 떠벌린다. 평균적으로 사람들은 매일 1만 6,000여 단어 분량의 정보를 공유하며, 매 시간 여러 브랜드에 대해 1억 건 이상의 대화를 나눈다고 한다.

《컨테이저스, 전략적 입소문》은 우리가 주변에서 들은 이야기, 이메일이나 문자메시지로 접한 정보가 우리의 생각, 독서, 구매 결정, 행동

등에 지대한 영향을 미친다는 것을 보여주고 있다. 우리는 이왕이면 지인이 추천한 웹사이트를 둘러보고, 친척이 좋다고 말한 책을 선택하며, 친구들이 지지하는 후보에게 표를 던진다. 사실 모든 구매 결정의 20~50%는 입소문이 그 주요 요인이라고 한다.

아마존닷컴에 별 다섯 개짜리 서평이 달리면 별 하나짜리 서평이 달릴 때보다 20권이 더 팔려나간다. 의사들은 다른 의사가 처방한 적이 있다는 사실을 확인하면 신약도 비교적 쉽게 처방한다.

결과적으로 사회적 파급력이 유행 여부를 좌우한다고 해도 과언이 아니다. 전통적인 광고보다 입소문이 효과적인 것은 누가 시키지 않아도 관심이 있는 고객에게 전해지는 까닭 때문이다. 입소문은 그 내용에 실질적인 관심이 있거나 관련된 사람에게 전달되기 마련이다. 그래서 입소문을 듣고 찾아온 고객은 구매 결정이 빠르고 그 규모가 커서 전반적인 매출 신장에 크게 기여한다.

한눈팔지 말고
한길을 걸어라

📖 이 책은

1평의 기적(원서 : 1坪の奇跡)

이나가키 아츠코 지음 | 양영철 옮김 | 서돌 | 2012년 1월

📖 같이 읽으면 좋은 책

제로창업 : 당신의 경험과 지식을 돈으로 바꾸는 노하우

요시에 마사루, 기타노 데쓰마사 지음 | 이노다임북스

두부 한 모 경영

다루미 시게루 지음 | 이동희 옮김 | 전나무숲

제로 투 원 : 스탠퍼드대학교 스타트업 최고 명강의

피터 틸, 블레이크 매스터스 지음 | 이지연 옮김 | 한국경제신문사

《1평의 기적》

우리가 끈기를 가지고 하는 일이 쉬워지는 것은,
그 일 자체가 쉬워져서가 아니라,
그 일을 수행하는 우리의 능력이 향상됐기 때문이다.
– 랄프 왈도 에머슨

1평밖에 안 되는 가게, 양갱과 모나카, 단 두 가지 상품만을 판매하는 이 작은 가게 앞에는 벌써 40년간 이른 아침부터 사람들의 행렬이 늘어선다. 이 작은 가게의 연간 매출이 40억 원을 넘는다고 한다. 이 가게에 사람들의 줄이 끊이지 않는 까닭은 무엇일까?

《1평의 기적》의 저자인 이나가키 아츠코(稻垣 篤子) 여사가 바로 앞서 말한 작은 가게의 주인공이다. 그녀가 운영하는 가게는 도쿄의 양갱 전문점 '오자사'이다. 1951년, 고등학교를 졸업한 그해부터 이나가키는 반 평 남짓한 노점에서 하루 열두 시간, 365일 휴일 없이 아버지를 도우며 일을 배웠다. '오자사'가 현재의 장소인 다이야 거리로 자리를 옮긴 것은 1954년이었다.

단골손님이 많은 편이긴 했으나 처음부터 고객들이 줄을 선 것은 아니었다. 사람들이 줄을 서기 시작한 것은 1969년경부터였다. 양갱을 만들다 보면 형언할 수 없는 감동의 순간과 만난다. 이제 여든 살이 넘은 이나가키는 그 순간을 이렇게 적고 있다.

"숯불에 올린 냄비에 팥소를 졸이면 아주 짧은 순간 팥소가 보라색으로 빛난다. 두 눈이 멀 정도로 찬란하고 오묘한 보라색이다. 하지만 그 빛깔과 만나는 순간은 너무나 짧다. 아무 때나 마주하는 것도 아니다. 처음 그 찰나의 보라색과 마주한 후, 나는 수십 년이 지난 지금까지 그 색과 만나기 위해, 그 색이 토해내는 숨소리를 듣기 위해 매일매일 양갱을 만들고 있다고 해도 과언이 아니다."

35년 전, 줄을 서는 손님들 중에 유명한 영화감독 야마모토 카지로 씨도 있었다. 거의 매일같이 들르던 그가 나타나지 않자 궁금해하던 차에 그의 부인이 나타났다. 부인이 말하기를 감독의 병세가 몹시 악화되었는데 "죽기 전에 꼭 '오자사' 양갱을 먹고 싶다"는 것이었다. 이나가키와 아버지는 감동의 눈물을 흘리면서 그분의 쾌유를 빌었다.

이나가키의 아버지는 "먹고살 수만 있으면 된다"고 입버릇처럼 말씀하셨다. 일하는 사람들에게 월급을 잘 챙겨주고, 자신의 가족은 남은 돈으로 먹고살면 된다는 뜻이었다. 아버지는 먹고살 수 있고 생활을 꾸려갈 수 있다면 그 이상의 것은 바라지 말라고 하셨다. 그래서인지 '오자사'는 하루에 양갱을 150개만 만들어 판매한다. 그 이유는 작은 가마솥에서 팥소를 졸여야 하고, 그 과정이 고되고 시간이 많이 걸리기에 더 많은 양을 만들 수 없는 것이다.

보들보들하되 쫀득함은 유지하고, 탱글탱글하면서도 입 안에서 사르르 녹는 '오자사 양갱'의 비밀이 여기에 숨어 있다. 아침마다 '오자사'를 찾는 사람들은 매일같이 얼굴을 마주하다 보니 점점 더 가까워졌고, 결국 '오자사회'라는 모임까지 만들어서 온천 여행을 가는 등 친목을 도모하고 있다.

'오자사'는 8년 전부터 인터넷을 통해 모나카를 판매하고 있다. 그래서 1평 남짓한 가게에서 올리는 연매출이 40억 원에 달한다. 60년 이상 한자리에서 하루도 쉬지 않고 양갱을 만들고 팔아온 이야기를 읽다 보면 일본의 장인 정신을 생각하지 않을 수 없다.

《1평의 기적》은 유행을 좇지 말고 자신만의 신념을 갖고 꾸준히 한길을 가는 것이 성공으로 가는 비결임을 보여준다.

인간적인 조직으로
탈바꿈하라

📖 **이 책은**
지금 중요한 것은 무엇인가 : 게리 해멀이 던지는 비즈니스의 5가지 쟁점(원서 : What Matters Now)
게리 해멀 지음 | 방영호 옮김 | 강신장 감수 | 알키 | 2012년 9월

《지금 중요한 것은 무엇인가》

가장 인간적인 조직이 가장 생산적이다.

– 쿠르트 레빈

"먼저, 관리자들을 모조리 해고하라!"

《하버드 비즈니스 리뷰》2011년 12월호에는 제목부터 범상치 않은 글이 실렸다. '경영철학자', '혁신 전도사'로 불리는 게리 해멀(Gary P. Hamel)이 쓴 글이다. 그는 지난 20년간《하버드 비즈니스 리뷰》에서 이름이 가장 많이 거론된, 현존하는 세계 최고의 경영전략가로 평가받고 있는 인물이다.

게리 해멀은《꿀벌과 게릴라》,《경영의 미래》와 같은 저서를 통해 현대 기업 경영에서 잘 알려져 있는 개념인 '전략적 의도'와 '핵심 역량' 등의 용어를 창시했으며, 전 세계의 비즈니스 언어와 경영 기법 등에 많은 변화를 일으켰다. 얼마 전 《월스트리트저널》은 21세기 최고의 경영 구루로 빌 게이츠를 제치고 그를 선정했다.

《지금 중요한 것은 무엇인가》는 다른 경영서와는 달리 구체적인 인간의 삶을 다루고 있다. 이 책의 밑바탕에는 인간에 대한 깊은 애정이 깔려 있다. 저자는 조직의 생존과 지속적인 성장을 위해 가치, 혁신, 적응성, 열정, 이념 등 다섯 가지 테마를 제시하며 지금 당장 논의하고 점검할 것을 요청하고 있다.

그런데 저자가 주장하는 경영 혁신의 방향은 조직원 개개인의 열정과 몰입을 최고조로 이끌어낼 수 있는, 권한과 책임을 많이 나누어 갖는 '인간의 얼굴을 한 경영'이다. 금융위기 속에서 우리는 자본주의에 실망하지 않았다. 우리는 자본주의의 관리인들에게 실망했다. 저자는 독자들에게 인간이 된다는 것은 무엇인가, 나는 얼마나 신의를 다하는가, 나는 얼마나 신중한가, 나는 얼마나 공정한가 등등 계속해서 질문을 던진다.

직원들에게 오직 복종, 근면 등만 요구한다면 결국 경쟁 업체에 뒤처지고 만다. 전문성을 넘어 진취성을 키워야 한다. 성가신 규정들을 없애고, 투명한 실적 정보를 공유하며, 사명감을 고취하고, 상호 책임의 관념을 확산시켜야 한다. 저자는 기능성 원단 고어텍스로 유명한 '고어사'와 세계 최대의 토마토 가공업체 '모닝 스타' 등 몇몇 기업들의 사례를 들고 있다.

일례로 '고어사'에는 직급, 직책 그리고 연공서열이 존재하지 않는다.

모두가 회사의 주인이기 때문에 하고 싶은 일을 스스로 찾아 열과 성을 다해 해나간다. 이 회사는 1958년 창립한 이래 무손실 기록을 이어가고 있다. 물론 이 회사에도 CEO는 있다. 직원들의 설문조사로 직원들 중에서 CEO를 뽑는다. 그런 탓에 이 회사의 CEO는 동료애로서 회사를 운영한다. 가장 놀라운 것은 이렇게 권한을 분산하고 카리스마가 넘치는 책임자가 없는데도 이들 회사가 매년 성장을 거듭해나간다는 사실이다. 이쯤 되면 게리 해멀이 왜 "먼저, 관리자들을 모조리 해고하라!"고 했는지 이해가 갈 것이다. 그는 이 책의 마지막을 다음과 같이 마무리하고 있다.

"우리에게는 새로 시작할 수 있는 기회가 있다. 비윤리적이고 융통성 없고 비인간적인 조직과 함께할 필요가 없다. 우리는 숭고한 사명을 촉구하는 조직, 모든 창의적 충동을 높이 사는 조직, 시대에 앞서서 변화하는 조직, 관료제를 탈피한 조직을 구축할 수 있다."

누구나 읽는 것만으로
공부의 신이 될 수 있다

📖 **이 책은**

7번 읽기 공부법 : 책 한 권이 머릿속에 통째로 복사되는(원서 : 東大首席弁護士が教える
超速「7回讀み」勉強法)

야마구치 마유 지음 | 류두진 옮김 | 위즈덤하우스 | 2015년 3월

📖 **같이 읽으면 좋은 책**

하루 15분, 기적의 노트 공부법

와다 히데키 지음 | 정윤아 옮김 | 이기동, 서인호 감수 | 파라북스

내 머리 사용법 Ver 2.0

정철 지음 | 염예슬 그림 | 허밍버드

서울대 합격생 100인의 노트 정리법

양현, 김영조, 최우정 지음 | 다산에듀

《7번 읽기 공부법》

> 우리가 접하는 거의 모든 학습은 읽기를 통해 이루어진다.
> 그러므로 공부를 통해 원하는 결과를 내고자 한다면
> 올바르고 효율적인 읽기 방법을 익히는 것은 필수다.
> – 야마구치 마유

스스로 머리가 좋지 않다고 생각하는 《7번 읽기 공부법》의 저자 야마구치 마유(山口眞由)는 학원이나 과외 대신 오로지 독학만으로 도쿄대 법학과를 수석으로 졸업했고 재학 중에 사법시험, 국가공무원 제1종 시험에 합격하는 기염을 토했다.

공부를 잘하는 사람이 되기 위해서는 무엇이 필요할까? 정답은 '자신만의 공부법을 확립'하는 것이다. 그녀가 밝히는 공부의 비결은 '7번 읽기 공부법'이다.

이 책에서 저자는 자신을 '합격의 신'으로 만들어준 '7번 읽기 공부법'

의 구체적인 방법과 확고한 마인드 컨트롤 노하우를 알려준다.

"나는 시간이 아까워서 공부에 집중해야 하는 날에는 아침에 일어나면 워밍업 같은 것은 생각하지 않고 곧장 책 읽기부터 시작한다. 비몽사몽이라도 일단 책상 앞에 앉아 책을 펼친다. 아직 정신이 멍하고 책 내용이 머릿속에 잘 들어오지 않을 때도 있지만 그래도 공부하는 시늉이라도 하는 것이다. 5분 정도 책을 읽고 난 시점에 물을 끓이기 위해 자리에서 일어난다. 물을 끓이는 동안에도 책을 읽는다. 물이 끓으면 커피를 타 마시면서 또 책을 읽는다. 이 방법이라면 워밍업과 공부를 동시에 할 수 있다. 일단 책상 앞에 앉는 행위는 마음을 통제하는 데도 유익하다."

《7번 읽기 공부법》에 따르면 매회 30분에서 1시간씩 하루 1번의 속도로 읽으면 딱 1주일에 7번 읽기를 할 수 있다. 300페이지 분량의 책을 1주일 동안 7번 읽기로 다 읽는다면 총 소요 시간은 보통 읽기를 1번 할 때와 거의 비슷하거나 어쩌면 조금 짧은 정도가 될 것이다.

그럼에도 7번 읽기는 반복해서 통독하는 방식이기 때문에 보통 읽기 1번보다 기억에 훨씬 잘 정착된다. '7번 읽기 공부법'은 7번 읽는 것만으로도 책 한 권이 저절로 머릿속에 기억되는 공부법으로 누구나 쉽게 할 수 있다는 강점이 있다.

우리가 접하는 거의 모든 학습은 읽기를 통해 이루어진다. 그러므로 공부를 통해 원하는 결과를 내고자 한다면 올바르고 효율적인 읽기 방법을 익히는 것은 필수다. 읽는다는 것은 단순한 행위에 그치는 것이 아니라 복합적이고 추상적인 사고의 과정이다.

'7번 읽기 공부법'은 '공부의 때'를 놓친 성인들도 가능한 전략적 공부법이다. '7번 읽기 공부법'은 단순히 눈으로 읽기만 해도 되기 때문에 언제 어디서나 공부할 수 있고, 다른 공부법에 비해 압도적으로 빠르게 지식을 흡수할 수 있다. 또한 읽으면서 저절로 핵심이 파악되므로 공부에 대한 자신감이 축적되고, 공부 체질이 몸에 배는 효과가 있다.

《7번 읽기 공부법》에서 저자가 말하는 공부는 그 자체가 목적이 아닌 철저한 '수단'이다. '7번 읽기 공부법'을 활용하면 책의 모든 내용을 빠짐없이 훑어보기 때문에, 누락된 부분 없이 시험 범위 내 모든 지식을 장악하게 된다.

처음에 가볍게 읽을 때 흐릿했던 기억은 읽는 횟수를 거듭할수록 '내 것'이 돼 뚜렷하게 뇌에 각인된다. 이는 원하는 성적을 얻거나 시험에 합격하기 위한 가장 쉽고 전략적인 공부법이라 할 수 있다.

당신이 공부에서 성공하고 싶다면 지금 당장 책상 앞에 앉는 것부터 시작하라. '7번 읽기 공부법'은 집중력이 떨어져도 계속 공부할 수 있는 비법이다. 공부가 인생의 전부는 아니지만 혼이 담긴 공부는 배신하지 않는다. 공부하는 과정 자체가 공부다.

강자를 깨뜨리는
약자의 전략

📖 **이 책은**

📖 **다윗과 골리앗** : 강자를 이기는 약자의 기술(원서 : David and Goliath)

말콤 글래드웰 지음 | 선대인 옮김 | 21세기북스 | 2014년 1월

📖 **같이 읽으면 좋은 책**

📖 **이카루스 이야기** : 생각을 깨우는 변화의 힘

세스 고딘 지음 | 박세연 옮김 | 한국경제신문사

📖 **아웃라이어** : 성공의 기회를 발견한 사람들

말콤 글래드웰 지음 | 노정태 옮김 | 최인철 감수 | 김영사

📖 **티핑 포인트** : 작은 아이디어를 빅트렌드로 만드는

말콤 글래드웰 지음 | 임옥희 옮김 | 21세기북스

《다윗과 골리앗》

세상은 거대한 골리앗이 아니라
상처받은 다윗에 의해 발전한다.
– 말콤 글래드웰

투견싸움에 져서 밑에 깔린 개를 '언더독(Under dog)'이라고 한다. '탑독 (Topdog)'은 위에서 이기고 있는 개다. 다윗은 언더독이고 골리앗은 탑 독이었다.《다윗과 골리앗》은 '어떻게 약자가 강자를 이기는가?'를 주제 로 한 책이다.

이 책의 저자 말콤 글래드웰은 놀라운 사람이다.《블링크》,《티핑 포 인트》,《아웃라이어》등등 그가 출간한 책들은 센세이션을 일으키며 전 세계적 베스트셀러로 등극했고, 사람들이 사회를 바라보는 관점을 바 꾸어 놓았다. 첫 2초의 판단력을 강조한《블링크》, 어떤 상품이 유행을 타는 지점을 분석한《티핑 포인트》, 1만 시간의 법칙을 유행시킨《아웃라이어》같은 책으로 그는 피터 드러커의 맥을 잇는 경영사상가로 평가받고 있다.

말콤 글래드웰은《다윗과 골리앗》의 머리말에서 '거인과 싸우는 법'을 밝히며 "약자가 지닌 결핍이 강자를 이기는 '기술'이 될 수 있다"고 이야기한다. 투견장에서 늘 지기만 하는 언더독도 언젠가는 싸움에서 이길 수 있는 것일까?

저자에 따르면 다윗의 골리앗에 대한 승리는 불가능해 보이는 승리에 대한 은유적 표현이 아니었다. 거기에는 중보병(重步兵)과 투석병(投石兵)의 룰이 있었다. 다윗은 일개 양치기 소년이 아니었고 숙련된 투석병이었다. 체구가 작은 투석병 다윗이 210cm 키에 45kg이나 되는 청동 갑옷으로 중무장한 골리앗과 맞섰다.

골리앗은 당시 싸움의 관행대로 일대일 근접 결투를 요구했다. 그러나 다윗은 그럴 의사가 전혀 없었다. 골리앗은 다윗이 싸움의 규칙을 완전히 바꿔버렸다는 것을 알아채지 못했다. 다윗은 35m 떨어진 거리에서 골리앗의 취약 지점인 이마를 향해 짱돌을 날렸다. 짱돌은 총알같이 시속 122km의 속도로 날아가 골리앗의 이마를 깨뜨렸다. 다윗은 기절한 채 쓰러진 골리앗에게 달려가 목을 베고 승리를 거머쥐었다.

이것이 상대의 예상을 뒤엎는 언더독의 전술이다. 다윗은 잃을 게 없었다. 그리고 잃을 게 없었기 때문에 다른 사람이 설정한 규칙을 비웃을 자유가 있었다. 결핍이 커지고 더 이상 잃을 것이 없을 때, 승리의 가능성은 커진다.

"왜 언더독들은 승리하는가?" 말콤 글래드웰은 '약점이 필승 전략'이라고 말한다. 또한 기존의 법칙을 거부하고 완전히 다른 창조적 시각으로 바라보면 새로운 룰이 보인다. 역사를 통해서 살펴보면 약자가 늘 지는 게 아니며, 오히려 자주 강자를 이긴다.

지난 200년 동안 전쟁사를 봐도 그렇다. 절대적으로 유리할 것 같은 대국의 승률이 실은 71.5%에 불과했다. 세 번 중 한 번꼴로 약소국이 이겼다. 더구나 약소국이 게릴라전으로 맞설 때는 약소국의 승률이 63.6%였다. 1차 세계대전 말 강대국 터키에 맞선 베두인족, 미국이라는 대국을 물리쳤던 베트남의 게릴라전법이 대표적이다. 번역자 선대인은 번역자 서문에서 이렇게 말한다.

"결론적으로, 이 책은 힘에 관한 책이다. 그 힘에 관한 우리의 시각이 얼마나 오도되어왔는지를 보여준다. 약한 자라고 해서 결코 약하지 않으며, 강한 자라고 해서 늘 모든 것을 뜻대로 할 수 있는 것도 아니다. 약한 자는 약자로서의 강점을 활용하는 효과적 전략으로 자신의 삶과 세상을 변화시킬 수 있다. 강한 자는 힘의 한계를 분명히 인식하고 그 힘을 사용하는 데 신중하고 겸손해야 한다."

원하는 일을 하며
성취하라

《5년 후에도 이 일을 계속할 것인가》

당신의 인생에서 일은 큰 부분을 차지할 것이다.
삶에서 진정한 만족을 느끼려면 자신이 위대하다고
믿는 일을 해야 한다. 위대한 일을 하는 유일한 방법은
자신의 일을 사랑하는 것이다. 만약, 그런 일을
아직 찾지 못했다면 찾기를 멈추지 말고 안주하지 마라.
– 스티브 잡스

학교를 졸업하고 사회 초년생이 되면 취직을 하건, 창업을 하건, 암중모색을 하건 무엇인가를 해야 한다. 백수 생활을 하는 것도 어찌 보면 무엇인가를 하고 있는 행위다.

《5년 후에도 이 일을 계속할 것인가》라는 책은 일단 제목 하나로 사람을 휘어잡는다. 잘나가는 직장인, 사업가라도 문득 멈춰 서서 5년 후의 자신의 모습을 반추해보지 않을 수 없으리라.

지금 당신이 무슨 일을 하고 있느냐, 앞으로의 계획과 비전이 무엇이냐에 따라서 '5년 후에도 나는 이 일을 할 것이다', '5년 후에도 이 일을

하고 있다면 차라리 죽는 게 나을지도 몰라' 등등 답은 달라질 것이다.

이 책의 저자이자 모건 스탠리의 부사장이며 세계적인 인사 전문가인 칼라 해리스(Carla A. Harris)는 우리가 종종 실전에서 맞닥뜨리는 난감한 문제들을 파헤치면서 직장인들이 회사 생활을 하면서 진정으로 원하는 일을 찾도록 친절하게 안내하고 있다.

사회 초년생들은 자신이 원하는 직업을 갖기가 무척 힘들다. 통계에 따르면 전공을 살려 직업을 구한 이들은 30%가 채 되지 않는다고 한다. 이 책은 70%가 넘는 방황하는 청춘들에게 많은 질문을 던지고 있다. 많은 이들이 자신이 진정으로 원하는 일이 어떤 것인지도 잘 모르면서 그 사실을 인정하지 않고, 나이를 먹어갈수록 점점 더 의도적으로 자신이 무엇을 원하는지 묻지 않으며, 지금 하는 일에 넌더리를 내면서도 그 진실을 거부한 채 그저 고개를 숙이고 앞으로만 나아가고 있다. 충분한 시간을 갖고 이런 문제에 대해 생각하기 위해 가던 길을 멈추는 일은 거의 없다.

사회생활을 처음 시작할 때 자기 자신의 위치를 적절히 파악하는 일이 얼마나 중요한지는 아무리 강조해도 지나치지 않다. 첫 단추를 잘못 끼우면 정말 후회막급한 일이 연속적으로 일어나기 때문이다. 처음 진로를 정하고 일을 시작해 5년 정도 경험을 쌓을 때까지는 자신의 전략적 기술을 개발하는 데 도움이 되는 업무나 지시에 가능한 한 많이 노출되도록 해야 한다.

10년 동안 직장 생활을 한 사람도 어떻게 변화에 대처하고 경력을 관리해야 하는지 몰라 답답해하는 경우가 많다. 평생직장이라는 개념이 사라진 지 오래다. 당장 몇 개월 뒤를 담보하지 못하는 사회에서 어떻게 잘 살아갈 것인가? 저자는 처음부터 끝까지 직업을 선택하는 기준을 '나 자신'으로 삼고 '자신이 좋아하는 일을 하라'고 강조한다. 구직하든 이직하든 일을 생각할 때는 언제나 '나를 아는 것'에서 출발해야 한다. 성공적인 진로 방향을 잡는 핵심은 자신이 하는 모든 일이 자신의 궁극적인 목표와 이어지고 있는지 확인하는 것이다.

"만일 현재 하는 일이 경험, 보수, 직위 가운데 아무것도 제공하지 않는다면, 당신의 진로 방향에서 전문인으로서 성공 가능성을 극대화할 수 있는 방법은 하나도 없다. 그렇다면 가능한 한 빨리 그 자리를 떠나야 한다! 지금 일을 하면서 보내는 하루하루는 당신이 성취하기를 원하는 방향으로 나아가는 디딤돌이 되어야 한다."

단지 회사를 다니는 자체만으로도, 따박따박 월급이 나온다는 사실에 만족하면 이직의 신호도 놓칠 수 있고, 급변하는 세상의 변화도 캐치하기 어렵다. 젊은이들조차 코앞의 목표를 세우고 그것을 달성하면 안주한다. 인생이 길어진 만큼 자신의 목표도 장기적으로 세워야 하며, 이러한 목표에 내가 몸담고 있는 직장이 부합하는지를 생각해보아야 한다. 국내외 산업의 흐름을 살피고 자신의 경력에 전문성을 더하며 끊임없이 자기계발하는 자만이 살아남을 수 있을 것이다.

미래 편

변화의 시대,
미래를 예측하라

《2030 기회의 대이동》

지금 우리 앞에는 폭과 깊이를 가늠할 수 없는 불확실한 미래가 기다리고 있다. 미국이 독점적으로 이끌어왔던 세계 질서의 축이 흔들리면서 세상이 크게 변하고 있다. 지금껏 옳다고 여겨진 성공 전략이나 세계관에 균열이 일어나는 중이다. 좋은 기업, 좋은 직업, 좋은 투자처라 여겼던 것들에 대해 회의가 커지면서 모든 것을 의심하기 시작했다. 단기적으로 1~3년 후, 중기적으로 5~10년 후, 장기적으로 10~20년 후, 세계는 어떻게 변할 것인가? 미래 생태계는 분명 현재와 다를 것이다. 기회가 이동하고 있다.

《2030 기회의 대이동》은 숨 가쁘게 변화하는 세상을 바라보는 제대로 된 '시선'을 갖추도록 그 '시선의 기술'을 가르치는 책이다. 예컨대 2008년 금융위기의 공포는 끝나지 않았다. 지난 10년은 미국과 유럽이 금융위기의 진원지였다면, 앞으로 10년은 한국·일본·중국이 글로벌 금융위기의 진원지가 될 것이다. 한국 경제를 견인해온 두 마리 튼튼한 말이라 여겼던 전자산업(삼성전자)과 자동차산업(현대기아자동차)도 성장 속도가 느려졌고 상시적인 위기를 맞고 있다.

이 책은 기회의 이동은 이미 시작됐고 우리는 머뭇거릴 시간이 없다고 질타한다. 그러면서 지구촌 단위에서 변화를 만드는 가장 근원적인 힘의 실제를 알아보고, 가까운 미래에 우리 삶을 바꿔놓을 징후와 그것들이 만들어내는 변화의 모습을 예측할 수 있는 시선에 대해 상세하게 설명한다.

전 세계 GDP의 85%를 담당하는 20여 개 국가는 15년 이내에 모두 고령사회로 진입한다. 전문가들은 2030년이 되면 1인 1가구 로봇 시대가 될 것으로 예측한다. 인간을 닮은 휴머노이드, 입는 로봇, 사이보그 장비, 애완용 로봇, 가사 도우미 로봇 디바이스 등이 가정에서 다양한 역할을 보조할 것이다.

이 책은 크게 세 장으로 구성돼 있다. 1장 '땅의 이동'은 지구촌 단위에서 변화를 만들고 있는 거대한 힘에 관한 이야기다. 세계 인구 140억 명 시대를 맞아서 지각의 판이 바뀌고 있다. 2장 '과녁의 이동'은 거대한 땅의 이동 위에서 크고 작은 변화를 만들어내는 여러 요소에 관한 이야기다. 과녁은 어떻게 움직이고 있는가? 바이오 기술은 의료산업을 리셋

한다. 그리하여 잘 늙지도 죽지도 않는 몸과 정신을 가진 인간이 사람을 닮은 로봇인 가상인간과 함께 거리를 걷는다. 또 3D 프린터가 새로운 산업사회를 리셋하는 변화와 대이동의 큰 그림을 이해해야만 살아남는다. 3장 '활의 이동'은 어떻게 움직이는 과녁을 맞힐 것인가에 관한 이야기다. 지금 일어나고 있는 변화를 새로운 기회로 만들 수 있는 준비에 관한 이야기다.

결론적으로 말하자면, 개인의 미래는 그 개인의 준비로 만들어진다는 것이다. 따라서 남을 따라가려 하지 말고, 앞서 준비해 먼저 걸어가야만 기회를 맞을 수 있다고 이야기하고 있다.

기회는 이동한다. 콜럼버스의 신대륙은 같은 자리에 머물러 있었지만, 기회는 가만히 한자리에 있지 않고 이동한다. 변화의 방향과 속도를 가늠할 수 있어야 미래의 기회를 통찰할 수 있다. 문제는 눈과 손이다. 볼 수 있는 눈, 잡을 수 있는 손이 준비돼 있느냐가 핵심이다. 기회를 잡으려면 통찰과 전략, 두 단어를 기억하라. 통찰은 눈이고, 전략은 손이다.

분열된 사회는
왜 위험한가?

📖 **이 책은**

불평등의 대가 : 분열된 사회는 왜 위험한가(원서 : The Price of Inequality)

조지프 스티글리츠 지음 | 이순희 옮김 | 열린책들 | 2013년 5월

📖 **같이 읽으면 좋은 책**

승자의 안목 : 고전과 비즈니스에서 세상과 사람을 읽는 법을 배우다

김봉국 지음 | 센추리원

답을 내는 조직 : 방법이 없는 것이 아니라 생각이 없는 것이다

김성호 지음 | 쌤앤파커스

긍정적 이탈 : 불가능 속에서도 누군가는 성과를 낸다

제리 스터닌, 모니크 스터닌, 리처드 파스칼 지음 | 박흥경 옮김 | 알에이치코리아

《불평등의 대가》

우리는 두 눈에 붕대를 감고 현재를 통과한다.
시간이 흘러, 붕대가 벗겨지고
과거를 자세히 들여다보게 될 때가 되어서야
우리는 비로소 살아온 날들을 이해하고,
그 의미를 깨닫는다.
– 밀란 쿤데라

미국은 한때 '기회의 땅'으로 여겨졌으나 이제는 '1%의, 1%를 위한, 1%에 의한' 나라로 변질되었다. 2011년 9월, 뉴욕 맨해튼에서는 '월가를 점령하라' 시위가 처음 시작됐다. 이 시위는 점차 미국민 99%의 입장을 대변하는 대규모 시위로 번져나갔다. 국민 대다수가 잘 먹고 잘 살 수 있는 충분한 부가 생산되는데도 불구하고 이것을 상위 1%가 가로채고 있다는 현실 인식 때문이었다. 2008년 금융 위기 이후, 미국에서만 약 800만 가구가 살던 집을 떠나야 했고, 학자금 대출금 수만 달러를 떠안은 채 대학을 갓 졸업한 청년들은 일자리를 구할 수 없었다.

《불평등의 대가》는 승자 독식 사회로 치닫고 있는 '1%만의 나라 미국'의 자본주의 현실을 적나라하게 해부한 책이다. 노벨 경제학상을 수상한 석학 조지프 스티글리츠(Joseph E. Stiglitz)는 '불평등'을 핵심어로 삼아, 오늘날 미국 사회에서 불평등이 얼마나 심각한 지경에 이르렀는지, 그리고 이런 불평등을 초래한 방식이 어떻게 경제 성장을 저해하고 효율성을 떨어뜨리고 있는지를 적나라하게 보여준다.

저자는 시장은 도덕성을 가지고 있지 않다고 단언한다. 그는 많은 시장경제주의 학자들이 보지 못하거나 보고도 못 본 채 하는 자본주의 시장의 불완전성과 왜곡을 끄집어낸다. 그가 보기에 시장은 효율적이지 않고, 안정적이지도 않다. 미국뿐만 아니라 자본주의가 작동하는 세계는 다음 세 가지 문제를 안고 있다. 첫째, 시장이 제대로 작동하지 않고 있다. 둘째, 정치 시스템이 시장 실패를 바로잡지 못했다. 셋째, 현재의 경제 시스템과 정치 시스템이 근본적으로 공정하지 않다. 그래서 부자는 갈수록 부자가 되고, 가난한 사람은 갈수록 가난해지고, 중산층은 공동화되고 있다.

미국의 불평등 수준은 대공황 이래 전례 없는 수준에 도달해 있다. 미국의 불평등은 대부분 시장 왜곡의 결과이기 때문이다. 부자가 되는 비결은 두 가지다. 하나는 부를 창출하는 것이고, 다른 하나는 다른 사람들로부터 부를 빼앗는 것이다. 2010년 미국이 대침체에서 벗어나기 위해 몸부림치고 있을 때, 상위 1%는 이른바 회복기에 창출된 추가 소득의 93%를 가져갔다. 파이가 커져도 99%의 몫은 더 적어지고 있다. 문제는 상위 1%가 정치적 영향력을 행사하여 자신들의 관점에 동조하는 사람들을 이 기관의 책임자로 앉힌다는 데 있다. 규제의 대상이 되는 부문 출신 사람들이 규제 기구의 책임자로 임명되고, 이들이 다시 규제의 대상이 되는 시장으로 진출하는 것이다. 이른바 회전문 현상이다. 오늘날 미국의 시스템은 '1인 1표'가 아니라 '1달러 1표' 원칙에 따라 움직이고 있다.

조지프 스티글리츠는 1%가 자신의 조국인 미국을 망치고 있다고 말한다. 과연 미국만 그럴까? 불평등의 심화는 단지 미국만 안고 있는 문제는 아니다. 거의 전 세계가 불평등이 일으키는 악순환의 소용돌이에 빨려들고 있다. 이 책의 해제를 쓴 경제학자 선대인은 "이 책의 지적과 분석이 가장 잘 들어맞는 나라는 미국 다음에 한국"이라고 지적하고 있다. 현재 한국이 처한 사회적, 경제적 상황은 미국의 상황과 너무나 닮아 있다.

한국 경제의 문제는
이것이다

📖 **이 책은**
성공한 국가 불행한 국민 : 한국경제를 새롭게 이해하기 위한 안내서
김승식 지음 | 끌리는책 | 2013년 1월

📖 **같이 읽으면 좋은 책**
한국증시에 한국인은 없다 : 외국인과 싸워 이기기 위한 주식투자 지침서
김승식 지음 | 시공사

절벽에 선 한국경제 : 30년 경제전문기자의 44가지 경고와 대안
송희영 지음 | 21세기북스

K-전략 : 한국식 성장전략모델
문휘창 지음 | 미래의창

《성공한 국가 불행한 국민》

> 문명이란 개인과 개인을 결합시키고,
> 그다음에 가족과 가족, 인종과 인종, 국민과 국민,
> 국가와 국가를 결합시켜 하나의 커다란 통일체로,
> 즉 인류의 통일체를 형성하는 과정이다.
> – 지그문트 프로이드

2012년 기준, 우리나라 1인당 국민소득은 23,679달러다. 평균 가구 수 3.27명을 곱하면 가구당 평균소득은 8,600만 원가량 된다. 과연 그만한 수입을 올린 가정은 얼마나 될까?《성공한 국가 불행한 국민》은 2만 달러 수준의 소득을 올린 가계는 10%에 불과하다고 진단하고 있다. 이 책의 저자 김승식은 삼성증권 베스트 시장전략 애널리스트 출신으로, 방대한 최신 경제 자료와 예리한 시각으로 한국 경제의 숨겨진 진실을 파헤치고 있다.

이 책은 "국가는 경제적으로 성공했는데 왜 다수 국민의 경제적 삶

은 점점 어려워지는 것일까?"라는 의문에서 출발했다. 정부 발표와 체감 경기는 왜 다른가? 그것은 소득 상위 10%가 42.4%를 가져가고 있기 때문이다. 나머지 90%가 57.6%를 나누어 가져서 실제 소득은 1만 달러 시대를 살고 있는 셈이다. 특히 상위 1%의 소득집중도는 11.5%나 된다. 국가의 경제 규모가 아무리 커져도 개인에게 돌아오는 몫이 축소되어 개인의 경제적 삶은 나아진 게 별로 없다는 말이 공식적인 통계 자료로 확인되고 있다.

《성공한 국가 불행한 국민》은 '열심히 살고 있는 내가 왜 불행하고 아직 가난한지 이해할 수 없다고 느끼는가? 국민의 70%는 왜 불행하다고 하는가?' 묻고 있다. 한국 경제를 대표하는 삼성, 현대자동차, LG, SK 등 4대 그룹이 2000년 기준 GDP에서 차지하는 매출 비중은 무려 51%에 달한다.

그런데 이 4대 재벌 그룹이 고용한 근로자 수는 우리나라 전체 고용 규모의 2% 정도에 불과하다. 30대 그룹이 고용하는 실제 규모도 4.5% 밖에 되지 않는다. 공공 부문과 공무원 5.5%를 합쳐도 10% 수준이다. 나머지 90%는 중소기업과 자영업의 몫이다. 중소기업의 고용 규모는 61.2%, 자영업은 28.8%에 달한다.

여기에 대기업과 중소기업의 임금 격차는 날로 커지고 있다. 1980년 대만 해도 대기업과 중소기업의 격차는 110 대 100으로 별로 크지 않았다. 그런데 2009년 기준으로 146 대 100까지 격차가 확대되었다. 정규직과 비정규직 임금 격차도 최고 수준이다. 2011년 8월 월평균 임금 기준으로 정규직 임금이 100이라면 비정규직은 48.6에 불과하다.

자영업자의 경우 대부분 자본 투자금이 5,000만 원 미만이고, 무등록 자영업자가 전체의 85%에 달하며, 월평균 소득이 100만 원도 안 되는 비중이 60%에 달할 만큼 영세한 구조를 갖고 있다. 거의 대부분의 자영업자가 노동의 대가로 생계를 유지하는 저임금 근로자라고 봐도 무방하다. 그런데 한국 GDP의 50% 이상을 창출하는 곳이 30대 그룹이다. 30대 그룹이 GDP에 기여하는 폭이 크지만, 그 그룹으로부터 고용되지 않은 사람들은 체감하지 못하는 경제를 계속 끌고 가는 것이다. 대기업 중심의 수출 호황은 내수 부분과 아무런 상관없는 그들만의 잔치다.

부동산 문제도 심각하다. 2002년 주택보급률은 100%를 넘어선 후, 2010년 112.9%에 달한다. 그런데 개별 가구의 주택소유율은 전국 54%, 서울 41%에 불과하다. 주택소유자 중 325만 가구가 원리금상환 비율이 30%가 넘는 '하우스푸어'다. 저자는 자본주의의 위기는 부동산 거품에서 시작되었다고 주장하면서 일본의 '잃어버린 20년'과 미국의 서브프라임 위기를 말한다. 이렇듯《성공한 국가 불행한 국민》은 반세기 동안의 초고속 경제 성장 과정에서 상대적으로 등한시해온 우리 경제의 아픈 환부를 조명하고 있다.

자본주의의 탐욕에
반기를 들다

📖 **이 책은**
이상한 나라의 경제학
이원재 지음 | 어크로스 | 2012년 2월

📖 **같이 읽으면 좋은 책**
이상한 나라의 정치학 : 왜 우리는 여전히 불행하다고 생각할까?
이원재 지음 | 한겨레출판사

그들이 말하지 않는 23가지
장하준 지음 | 김희정, 안세민 옮김 | 부키

금융으로 본 세계사 : 솔론의 개혁에서 글로벌 경제 위기까지
천위루, 양천 지음 | 하진이 옮김 | 시그마북스

《이상한 나라의 경제학》

사회 계층의 양극화는 체제 붕괴의 필요조건이 된다.
– 칼 마르크스

만약 한국이 100명으로 이루어진 마을이라면? 이 마을 사람들 가운데 취업해 경제활동을 하고 있는 사람은 59명이다. 그중 28명은 취업을 했으며, 14명은 비정규직으로 일하고 있다. 사업체를 운영하고 있는 자영업자는 17명이다. 559개 상장 제조기업에 다니는 정규직은 단 1명이다. 그 범위를 2,000개 기업으로 넓혀 봐도 정규직은 단 3명뿐이다. 그런데도 삼성전자, 현대자동차 같은 1등 기업은 끊임없이 외친다. 우리가 잘되야 마을 전체가 잘 된다. 정부와 경제학자들도 맞장구를 쳤다. 대기업이 수출을 잘해서 돈을 벌어오면 자연스럽게 부가 사회에 골고루 퍼진다고. 그런데 결과는 어떤가?

《이상한 나라의 경제학》은 부의 '낙수효과'가 실제로는 일어나지 않고 있다고 진단한다. 지난 10년간 국가 대표 기업들이라고 할 수 있는 국내 2,000대 기업의 매출액이 815조 원에서 1,711조 원으로 두 배 넘게 증가하는 동안, 기업의 일자리는 2.8%밖에 늘지 않았다. 어쩌면 우리는 이들의 경제를 나의 경제로 착각해 자신은 관객인 줄도 모르고 이들을 열심히 응원하고 있었는지도 모른다. 영화 〈월스트리트〉에 등장하는 기업사냥꾼인 냉혹한 투자자 고든 게코는 '텔다제지' 주주 총회에서 이렇게 외친다.

"여러분, 탐욕은 선입니다. 더 나은 단어가 없다면요. 탐욕은 옳습니다. 탐욕은 일을 되게 만듭니다. …… 탐욕은 텔다제지뿐 아니라, 또 다른 고장 난 기업 '미국'을 구해낼 것입니다."

결국 주인공은 이 주주 총회에서 기존 경영진을 몰아내고 텔다제지의 경영권을 손에 쥔다. 주주들은 돈을 낭비하는 경영진이 아닌 이윤과 효율성을 중시한 고든 게코를 선택한 것이다. 그런데 마을 전체로 보면 그 선택은 참혹한 선택이었다. 그 선택은 반복되는 경제위기와 1%와 99%로 나누어진 양극화 세상을 만들어냈다.

2011년 11월 2일, 미국 하버드대학 그레고리 맨큐 교수의 경제학 강의 시간에 70여 명의 학생이 수업을 거부하고 뛰쳐나갔다. 그들은 맨큐 교수에게 이런 편지를 남겼다.

"우리는 경제학에 대한 특수하고 제한적인 시각만을 가르치는 강의를 거부한다. 경제적 불평등이 만연하고 문제적이고 비효율적인 사회

시스템을 개선해야 한다."

세계적인 베스트셀러《맨큐의 경제학》의 저자 강의가 무산된 것이다. 그것은 무엇을 의미할까? 맨큐 수업 거부, 월스트리트 점령 시위가 일어난 이유는 탐욕이 지배하는 기존의 시장만능주의 사고방식과 체제에 대한 반란이다. '월스트리트를 점령하라'고 외친 시위대는 금융탐욕에 대한 저항의 표시로 2011년 11월 5일을 '은행계좌 옮기는 날'로 정했다. 그런데 놀라운 일이 일어났다. 한 달 만에 지역공동체가 운영하는 협동조합으로 60만 명의 신규 계좌가 개설되었고 45억 달러가 흘러들어왔다.

《이상한 나라의 경제학》은 우리가 이상한 나라에서 탈출할 수 있다는 희망을 결론적으로 이야기한다. 이 책은 인간의 이타심과 착한 경제, 협동조합, 사회적 기업에 희망이 있다는 사실을 논증하며 알기 쉽게 설명하고 있다. 저자는 말한다.

"선한 사람은 성공할 수 없다는 이상한 공식은 이제 깨져야 한다. 경쟁하면 이기고 협력하면 진다는 이상한 경제는 넘어서야 한다. 선한 사람이 성공하는 경제, 그게 바로 이상한 나라를 탈출하는 방법이다."

인터넷 다음은 브레인넷 시대

📖 **이 책은**
마음의 미래 : 인간은 마음을 지배할 수 있는가(원서 : The Future of the Mind)
미치오 카쿠 지음 | 박병철 옮김 | 김영사 | 2015년 4월

📖 **같이 읽으면 좋은 책**
내 머릿속에선 무슨 일이 벌어지고 있을까 : 카이스트 김대식 교수의 말랑말랑 뇌과학
김대식 지음 | 문학동네

화성의 인류학자 : 뇌신경과 의사가 만난 일곱 명의 기묘한 환자들
올리버 색스 지음 | 이은선 옮김 | 바다출판사

뇌, 신을 훔치다 : 과학이 밝혀낸 신의 뇌
KBS 파노라마 〈신의 뇌〉 제작진 지음 | 인물과사상사

《마음의 미래》

> 뇌는 자연이 창조한 경이로운 걸작이다.
> 그리고 두뇌분석 기술이 존재하는 시대에 살면서
> 뇌에 관심을 갖고 있는 우리는 정말로 운 좋은
> 사람들이다. 뇌는 우리가 우주에서 발견한 것 중
> 가장 경이로운 구조물이며, 그것이 바로 우리 자신이다.
> – 데이비드 이글먼

오늘날은 스마트폰만 있으면 모든 일을 할 수 있다. 무선 인터넷 '모바일 혁명'의 시대를 살고 있는 덕분이다. 그런데 그 스마트폰을 잃어버린다면? 스마트폰을 잃어버린 경험을 한 사람은 알 것이다. 갑자기 모든 것을 강탈당한 듯한 느낌을 말이다. 가장 가까운 가족의 전화번호조차 모른다는 현실에 공황 상태에 빠져버릴 수도 있다.

《마음의 미래》는 생각만으로 TV를 켜고 차를 운전하는 '브레인넷(brain-net)' 시대가 열린다는 예언을 하고 있다. 저자 미치오 카쿠(Michio Kaku)는 이론물리학계의 세계적 석학이자 독보적인 미래학자로 손꼽히는 일본계 미국인이다. 이 책은 많은 이야기를 담고 있지만 가장 깊은 곳을 관통하는 이야기는 인터넷 다음은 브레인넷 시대라는 것이다.

저자는 스마트폰 시대가 열린 이후 현재 수많은 혁신적 변화가 이루어지고 있지만 인류의 일상을 뿌리부터 바꿔놓을 변화는 이제부터 시작이라고 말한다. 앞으로 다가올 다음 10년 동안 우리는 뇌와 세상을 직접 연결하는 브레인넷 세상을 맞이할 것이며, 따라서 스마트폰 따위를 잃어버렸다고 뇌가 하얗게 변하는 일은 없을 것이라고 이야기하고 있다.

이 책은 모든 인류가 〈해리포터〉의 주인공처럼 마법사가 되는 세상을 펼쳐 보인다. 마음만으로 집 안의 기기들을 조종하고 차를 운전하는 일이 일상화된다. 인터넷을 이용해 지구 반대편에 있는 로봇을 움직이는 일도 상상해볼 수 있다.

현재 스마트 기기를 통해 이런 일들이 가능한 수준까지 와 있지만, 더 발전하면 완전히 정신만으로 사물을 움직일 수 있는 시대가 온다는 것이다. '브레인넷 시대'는 가히 '차세대 진화'라 부를 만한 세상을 열게 될 것 같다. 브레인넷 세상에서 우리는 자신의 생각과 감정, 느낌, 기억 등을 즉시 지구 전역에 전송할 수 있게 될 것이다.

미치오 카쿠는 "과학자들은 이제 뇌를 컴퓨터에 연결시킬 수 있게 됐으며, 기억과 생각의 암호 코드를 읽기 시작했다"고 말한다.

앞으로 10년 후가 되면 영화는 지금처럼 스크린에 이미지만 담아 보여주는 것이 아니라 감정과 느낌까지 전달할 수 있다. 예컨대 10대 청소년들은 소셜 미디어에 졸업 파티나 첫 데이트 때의 기억과 기분을 담아 공유할 수 있을 것이다. 또한 역사가와 작가들도 단순히 사건을 기록하는 것이 아니라, 그 사건에 담긴 감정까지 기록할 수 있게 될 것이다. 저자는 이 책에서 사람들이 다른 사람의 고통까지 자신이 직접 느낄 수 있게 되면 사람들 사이의 긴장관계도 사라질 것으로 전망하고 있다.

얼마 전, 한국을 처음 방문한 저자는 자신이 물리학자로서 미래학의 길을 걷는 자부심을 이렇게 설명했다.

"나는 물리학자로서 어떤 새로운 기술이건 그 뒤에 있는 본질을 보고자 한다. 그게 바로 물리학의 기본 법칙이다. DNA건, 컴퓨터건, 우주여행이건 간에 이런 기술의 핵심에 물리학 법칙이 항상 존재한다. 그래서 물리학자로서 어떤 기술이 불가능한지, 실현 가능한지 즉각 알 수 있다."

인간의 생각이 진화하여 이 정도로까지 기술의 발전을 이룰 수 있다는 건 경이롭다. 이러한 기술 면면에 대한 윤리적인 논쟁이 있다 하더라도 과학기술의 발달은 멈출 수 없는 거대한 흐름이 되었다. 그렇다면 이제 우리가 생각해야 할 것은 무엇일까? 어떤 기술이든 인간이 보다 편리하게 살게 하기 위해 발명되는 것이라는 대전제를 생각했을 때, 최소한 발달된 과학기술이 인간 본연의 모습을 훼손하거나, 인간의 존엄함을 침범할 수 없도록 윤리적 가이드라인을 마련해야 하지 않을까? 과학의 발달은 언제나 놀랍지만 그 '반작용'도 생각해야만 한다. 그렇지 않으면 기계가 인류를 지배하는 〈터미네이터〉란 영화가 현실로 다가올지도 모른다.

만물이 소통하는
시대가 온다

📖 **이 책은**
사물인터넷 : 모든 것이 연결되는 세상
매일경제 IoT 혁명 프로젝트팀 지음 | 매일경제신문사 | 2014년 5월

📖 **같이 읽으면 좋은 책**
사물인터넷 : 클라우드와 빅데이터를 뛰어넘는 거대한 연결
커넥팅랩(편석준, 이정용, 고광석, 김준섭) 지음 | 미래의창

플랫폼의 눈으로 세상을 보라 : 담을 헐고 연결하고 협력하라
김기찬, 송창석, 임일 지음 | 성안북스

당신의 시대가 온다 : 빅데이터를 움직이는 개인들이 온다
인터브랜드 지음 | 박준형 옮김 | 살림

《사물인터넷》

> 사물인터넷이 사람들의 삶 속에 스며들면
> 새로운 일자리 창출, 헬스케어 등 여러 분야에서
> 엄청난 파급효과가 있을 것이다.
> 지금 준비하지 않으면 아무리 잘나가는 IT기업도
> 20년 후 생존을 장담할 수 없다.
> – 존 체임버스

2009년 스마트폰의 탄생 이후 우리의 삶은 획기적으로 변화했다. 사람들은 컴퓨터 앞에 앉아서 자판을 두드리거나 마우스를 다루는 것이 아니라 스마트폰으로 언제 어느 곳에서나 인터넷에 접속해 책과 신문을 읽고, 영화를 보고, 음악을 듣고, SNS로 소통하고, 업무를 처리한다. 그런데 몇 년이 채 지나지 않아 우리에게는 또 다른 획기적인 변화의 물결이 몰려오고 있다. 사물인터넷(Internet of Things), 나아가서 만물인터넷(Internet of Everything) 혁명이 그것이다.

《사물인터넷》은 우리에게 다가오고 있는 2차 디지털 혁명이 무엇인가를 자세히 설명해주는 책이다. 한마디로 정리하면 사물인터넷(IoT)은 내가 원하는 무언가를 내가 찾는 방식이 아니라 주변에 있는 것들이 알아서 찾아주는 방식이다. 이전에는 필요할 때마다 내가 무언가를 찾는 온디맨드(On-demand) 방식이었다면, 이제는 24시간 사물에 붙은 센서가 데이터를 교환하며 적절한 조언을 찾아주는 올웨이즈온(Always-on) 방식의 시대가 된다는 것이다.

사실 우리는 이미 사물인터넷 서비스를 이용하고 있다. 버스도착안내 시스템이 대표적인 사례라고 할 수 있다. GPS 위치감지기술과 이동통신망을 활용해 버스 도착 예정 시간 등 운행정보를 각 정류소 단말기와 포털 사이트, 스마트폰 등으로 받아본다. 사물인터넷은 문자 그대로 사람을 둘러싼 사물이 서로 통신을 통해 교감하는 것을 일컫는다. 가전기기는 물론 사람과 사물, 동식물 등 모든 만물을 네트워크로 연결하는 개념이다. 사람이 자신의 의지로 인터넷에 접속하는 것이 아니라, 센서와 칩을 통해 서로 연결된 모든 사물이 접속해서 일종의 업무를 수행하는 것이다.

사물인터넷은 아직 걸음마 단계에 불과하다. 전문가들은 앞으로 3년 이내에 사물인터넷이 시장과 산업에 큰 영향을 줄 것으로 예측하고 있다. 시스코는 "2020년에는 25억 명의 사람과 370억 개 사물이 인터넷에 연결될 것"이라고 전망했다. 스마트폰, 태블릿 등 모바일 기기 간에 연결하는 것이 '사물인터넷'의 초기 모습이라면, 앞으로는 집, 자동차, 건물, 그리고 도시 전체까지 하나로 연결하는 진정한 유비쿼터스의 세상이 될 것이다.

세계 IT 업계에는 이미 사물인터넷 주도권을 잡기 위한 소리 없는 전쟁이 시작됐다. 사물인터넷의 꿈같은 세상은 생각보다 빠르게 다가오고 있다. 이미 센서를 단 체중계와 신발, 의류, 숟가락 등이 시중에 하나둘씩 나타나고 있다. 예컨대 나이키의 운동화에는 센서가 달려 있어서 그 운동화를 신고 있는 사람의 운동 정보가 병원으로 전송돼 주치의가 그 사람의 건강을 자동으로 체크할 수 있다. 부엌에 있는 케첩이 떨어졌을 때 바코드를 찍으면 곧바로 온라인 쇼핑몰에 주문 처리가 된다. 화분 속에 센서를 넣어 두면 수분량을 측정해 언제 물을 줘야 할지 알리는 메시지가 스마트폰으로 전달된다. 하기스에서 개발한 습도 센서를 아이들 기저귀에 부착하면 기저귀를 교체해야 하는 순간은 물론이고 아이의 건강 상태를 스마트폰으로 체크할 수 있다.

구글의 회장 에릭 슈미트에 따르면, 2025년에는 무인자동차가 컴퓨터보다 흔해질 것이라고 한다. 뉴욕의 직장인은 무인자동차로 출근하거나, 홀로그램으로 회의에 참석하는 시대가 올 것이라고 전망하고 있다. 이것이 바로 만물이 소통하는 초연결 사회, 사물인터넷 시대를 사는 우리의 미래다.

모바일 혁명 시대를
살아가는 방법

📖 **이 책은**
모바일 트렌드 2016 : 모바일, 온디맨드의 중심에 서다
커넥팅랩 지음 | 미래의창 | 2015년 11월

📖 **같이 읽으면 좋은 책**
모모세대가 몰려온다 : 생산하고 소비하고 창조하는 새로운 10대의 등장
김경훈 지음 | 흐름출판

트렌드 코리아 2016 : 서울대 소비트렌드분석센터의 2016 전망
김난도, 전미영, 이향은, 이준영, 김서영, 최지혜 지음 | 미래의창

거품청년, 스마트 에이전트로 살아남다 : 세상을 바꾸는 핫트렌드 10
김경훈, 한국트렌드연구소 지음 | 퍼플카우

《모바일 트렌드 2016》

PC에서 모바일 시대로 전환하면서
사람들의 삶이 완전히 달라진 것처럼,
사물인터넷이 모든 업종에서
폭발적인 혁신과 변화를 일으킬 것이다.
– 존 체임버스

모바일 기술은 변화의 속도가 너무나 빨라서 정보통신기술 산업 최전선에 서 있다고 자부하는 전문가들도 현기증이 날 정도라고 한다. 《모바일 트렌드 2016》은 커넥팅랩 팀이 2014년부터 해마다 펴내고 있는 모바일 트렌드를 다룬 시리즈물이다. 《모바일 트렌드 2015》의 핵심 키워드는 '옴니채널(Omni Channel)의 도래'였다.

당시 그다지 대중적이지 않았던 이 용어는 불과 1년 만에 새로운 경제와 서비스를 이끄는 핵심 키워드로 떠올랐다. 세상은 온라인과 오프라인을 통합하는 옴니채널의 시대로 변했고, 그 중심에는 모바일이 있다.

《모바일 트렌드 2016》의 핵심 키워드는 바로 '온디맨드(On-demand)' 다. 기존의 옴니채널이 온라인과 오프라인을 포괄하는 채널의 개념이 었다면, 온디맨드는 고객의 요구가 있을 때 언제든지 원하는 것을 제공 해주는 것을 말한다. 기존의 거래는 고객이 재화와 서비스가 있는 곳을 찾아가는 방식이었다면, 이제는 고객이 원할 때 바로 그것에 맞는 서비 스가 제공되는 시대가 열린 것이다.

이러한 온디맨드 서비스의 강국으로 꼽을 수 있는 나라가 바로 중국 이다. 중국은 우리의 '카카오톡'처럼 국민 메신저라 불리는 '위챗'이 있 다. 위챗은 메신저일 뿐만 아니라 '텐페이'라는 쇼핑 결제 기능을 탑재 하고 있다. 사용자들은 메신저를 통해 오프라인에서처럼 점원에게 궁 금한 것을 직접 물어볼 수 있고 바로 결제까지 할 수 있다.

'주문하면 즉시 제공'이라는 온디맨드 트렌드의 확산으로 커머스 업 계는 홈 서비스 및 배달 음식 주문 서비스 영역까지 상품 카테고리를 확 대하고 있다. 따라서 기업의 운명과 비즈니스의 성패가 고객의 손끝으 로 움직이는 모바일에 달린 시대가 되었다고 해도 과언이 아니다. 한마 디로 온디맨드는 공급이 아니라 수요가 모든 것을 결정하는 시스템이 다. 온디맨드 서비스가 커머스 업계뿐만 아니라 모바일 결제, SNS, 미디 어, 인터넷 전문은행에 이르기까지 IT 산업 전 분야로 확장될 조짐을 보 이면서 산업계는 새로운 지각 변동에 출렁이고 있다.

《모바일 트렌드 2016》은 온디맨드를 통한 정보통신기술 산업의 변화 뿐만 아니라 미디어, 핀테크, 스마트폰 시장 등 모바일 산업 전반의 변 화를 세세하게 짚어보는 책이다. 서비스 영역이 무한대로 확장되고 있는 탓에 세상은 유휴자원을 나누어 쓸 수 있는 '공유경제'의 체제를 열고 있기도 하다. 대표적인 사례가 '우버'와 '에어비앤비'다. 이처럼 자동차와 집을 빌려주는 것 외에도 콜택시, 주차장 예약, 차량 수리, 세차, 헬스, 장보기 등 일상생활에서 필요한 모든 것이 서비스로 구현되고 있다.

소비 과정이 온디맨드 시대로 진화하고 있는 지금, 모바일 결제도 빠르게 변하고 있다. 국내에서도 전자금융 채널의 업무 분담률이 83%를 넘어섰다. 기업들은 스마트폰과 이머징 디바이스(emerging device)들이 클라우드를 통해 서로 연결되기 시작하면서 새로운 기회를 엿보고 있다. 온디맨드는 단순한 서비스 수준을 넘어 '온디맨드 경제'의 태동을 알리는 서곡이 되어가고 있다. 이제 모바일 산업은 손끝에서 우리의 일상을 변화시키는 첨병 역할을 담당할 것이다.

모든 것이 공짜인
세상이 온다

📖 **이 책은**
한계비용 제로 사회 : 사물인터넷과 공유경제의 부상(원서 : The Zero Marginal Cost Society)
제레미 리프킨 지음 | 안진환 옮김 | 민음사 | 2014년 9월

📖 **같이 읽으면 좋은 책**
공감의 시대
제레미 리프킨 지음 | 이경남 옮김 | 민음사

21세기 자본
토마 피케티 지음 | 장경덕 외 옮김 | 이강국 감수 | 글항아리

권력의 종말 : 다른 세상의 시작
모이제스 나임 지음 | 김병순 옮김 | 책읽는수요일

《한계비용 제로 사회》

나는 현실 세계에서 미래 경제를
규정하기 위한 투쟁은 도래할 시대를 위해
어떤 종류의 인프라를 갖춰야 하느냐
하는 문제를 중심으로 전개될 것이라고
거의 확실하게 말할 수 있다.
– 제러미 리프킨

제러미 리프킨(Jeremy Rifkin)은 《엔트로피》, 《노동의 종말》, 《소유의 종말》, 《3차 산업혁명》 등의 저서로 유명한 세계적인 문명비평가이자 미래학자다. 그의 최근작 《한계비용 제로 사회》는 자본주의 패러다임의 위기를 예언하면서 한편으로는 희망에 찬 미래상을 제시하고 있는 책이다.

이 책에서 저자는 지난 300년 동안 인류 사회를 움직이는 중심축이었던 자본주의 시스템이 쇠퇴하기 시작했으며, 그 촉발제는 책의 제목이 말해주듯이 '한계비용 제로의 시대'가 열렸기 때문이라고 이야기하고 있다. 한계비용 제로란 서비스나 상품을 만드는 데 고정비용이 거의 안 든다는 뜻이다. 저자에 따르면 역설적이게도 자본주의의 쇠퇴는 어떤 적대적 세력에 의해 유발된 것이 아니다. 생산성을 높이고 가격을 낮추기 위해 새로운 기술 혁신을 계속한 자본주의의 극적인 성공이 일부 제품에서 한계비용이 거의 제로가 돼 자본주의의 종언을 재촉하고 있다는 것이다. 예컨대 컴퓨터와 휴대전화를 통해서 사람들은 제로에 가까운 한계비용으로 각자 정보를 생산하는 동시에 네트워크화된 세상에서 그 정보를 공유하고 있다.

지난 10여 년간 소비자들이 음악, 영상, 뉴스, 지식 등을 인터넷 상에서 거의 제로에 가까운 한계비용으로 공유함에 따라 음악, 영화, 신문, 출판 업계는 수익 감소를 경험해야만 했다. 자본주의의 '생명소'라 할 수 있는 '이윤의 고갈'은 무엇을 의미하는 것일까?

《한계비용 제로 사회》는 새로운 형태의 경제 체제가 세계적으로 싹을 틔우고 있다는 사실을 적나라하게 보여주고 있다. 사물인터넷은 사무실, 공장, 가정, 상점, 차량 등을 지능형 네트워크로 연결함으로써 '3차 산업혁명'의 싹을 틔우고 있다.

또한 최근의 제로 한계비용 현상은 가상의 세계에서 제조업 등 실물 경제로 옮겨가고 있다. 3D 프린터의 등장은 개인이 뭐든 만들 수 있는 세상을 만들어가고 있다. 이미 전 세계에서 수백만 명이 취미 삼아 3D 프린터로 필요한 물건을 만들어 쓰고 있다. 3D 프린팅은 누구나 어디서든 원하는 물건을 생산할 수 있게 한다. 이는 소비자가 생산에 참여하는 프로슈머(prosumer, 소비자이자 공급자) 시대가 도래했음을 의미한다. 상품

생산과 유통에서 기업의 우위는 더 이상 통하지 않는다는 소리다.

《한계비용 제로 사회》가 강조하고 있는 것은 '협력적 공유 사회'다. 소유가 무의미해진 평등한 세상이 열리기 때문에 시장 자본주의에서 협력적 공유 사회로 패러다임의 대전환이 이루어진다는 것이다.

이미 사람들은 소셜 미디어나 온라인 동호회, 협동조합을 통해 서로 자동차와 집, 심지어 옷까지 공유하고 있다. 이윤은 사라지고 소유는 무의미해지고 시장은 더 이상 필요 없는 세상을 상상할 수 있는가? 생활용품부터 에너지, 각종 지식과 정보, 온갖 서비스까지 거의 모든 것이 공짜인 세상. 어떤 사람은 이건 공상과학이라고 비판한다. 그러나 리프킨은 "아니다!"라고 단호하게 말한다. 이것은 현실이고 지금 일어나고 있는 일이라는 얘기다.

데이터 홍수 속에서
알짜 정보를 찾는 법

📖 이 책은
신호와 소음 : 미래는 어떻게 당신 손에 잡히는가(원서 : The Signal and The Noise)
네이트 실버 지음 | 이경식 옮김 | 더퀘스트 | 2014년 7월

📖 같이 읽으면 좋은 책
2018 인구 절벽이 온다 : 소비, 노동, 투자하는 사람들이 사라진 세상
해리 덴트 지음 | 권성희 옮김 | 청림출판

디지털뱅크, 은행의 종말을 고하다
크리스 스키너 지음 | 안재균 옮김 | 미래의창

2016 업계지도 : 한발 앞서 시장을 내다보는 눈
한국비즈니스정보 지음 | 어바웃어북

《신호와 소음》

모든 모델은 빗나간다.
그러나 몇몇 모델은 유용하다.
— 조지 박스

《신호와 소음》은 다음과 같이 시작한다.

"이 책은 정보, 기술, 그리고 과학의 진보에 관한 책이다. 경쟁, 시장, 그리고 사상의 진화에 관한 책이기도 하다. 이 책은 우리를 컴퓨터보다 똑똑하게 만들어주는 방법과, 인간이 저지르는 실수에 관한 책이다."

저자 네이트 실버(Nate Silver)는 2008년 미국 대통령 선거에서 50개 주 중 49개 주의 결과를 정확히 예측했고, 총선에서도 상원 당선자 35명 전원을 맞힘으로써 전 세계가 주목하는 통계학의 슈퍼스타가 되었다.

그는 2012년 오바마 재선 당시에는 50개 주의 결과를 모두 정확하게 예측하는 기염을 토했다. 네이트 실버가 자신의 예측 방법론을 총 정리한 《신호와 소음》은 출간되자마자 《뉴욕타임스》에서 15주 연속 베스트셀러에 오르는 등 전 세계적인 반향을 일으켰다.

이 책은 산더미 같은 데이터 속에서 자신에게 유용한 신호를 걸러내는 방법을 알려준다. 자연과학, 사회과학, 스포츠, 게임 등에서 뽑은 사례로 채워져 있고, 사례들은 좀 더 직접적이고 구체적이다.

저자는 빅데이터 시대에 왜 그렇게 많은 예측들이 빗나가는지 묻는다. 엄청난 정보망을 자랑하는 미국은 왜 진주만 공습과 9·11테러를 예측하지 못했을까? 왜 내로라하는 경제학자들이 2008년 경제 위기의 무수한 신호들을 무시했을까? 선거 결과는 왜 항상 언론과 전문가의 예측을 벗어날까? 낯선 속옷이 발견됐을 때, 배우자가 바람을 피우고 있을 확률은 얼마나 될까?

예측이 실패하는 이유는 데이터의 부족 때문이 아니다. 정보가 많다고 해서 예측이 쉬워지는 것은 아니다. 《신호와 소음》은 통계학을 기반으로 어떻게 잘못된 정보(소음)를 거르고 진짜 의미 있는 정보(신호)를 찾을 것인가를 가르치고 있다.

'소음'이 아닌 진짜 '신호'에 귀를 열라는 것이다. 재앙에 가까운 예측 실패 사례에서는 많은 공통점을 찾아볼 수 있다.

9·11테러가 있기 60년 전에 진주만이 일본에 기습 공격을 당할 때도 그런 일이 일어나리라는 온갖 신호가 분명 있었다. 9·11테러 때도 이 사건을 암시하는 신호는 많았다. 이를테면 비행기가 무기로 사용될 가능성에 대한 경고가 최소한 10건이 있었다.

1994년에 알제리 테러리스트들은 제트비행기를 납치해 에펠탑으로 돌진하겠다고 위협했고, 또 1998년에는 알카에다와 관련이 있는 집단이 폭발물을 실은 비행기로 세계무역센터를 들이받으려고 했다. 그런데 미국인은 그 신호들을 온전하게 하나로 꿰지 못했다.

최근의 글로벌 금융위기를 둘러싼 예측도 온통 엉터리였다. 우리는 우리의 여러 예측 모델을 순진하게 신봉하고 또 그 모델들이 우리가 여러 가설을 설정하고 선택하는 데서 얼마나 형편없는지를 제대로 깨닫지 못하는 바람에 재앙과도 같은 결과를 맞아야 했다.

《신호와 소음》은 이때 가장 중요하게 다루어져야 할 개념이 '불확실성'이라고 말한다. 불확실성이야말로 가장 두려운 대상이다. 시험에 붙을까 떨어질까, 내 잘못을 들킬까 들키지 않을까, 내가 손해를 보게 될까 아닐까 등등처럼 우리는 예측할 수 없는 불확실성을 끔찍하게 싫어한다.

이 책은 우리가 깨닫는 것보다 훨씬 더 생경한, 이 세상에 대한 추정치와 가정들을 제시하면서 불확실성의 위험에서 벗어날 것을 제시하고 있다.

혁신 쓰나미에서
살아남는 법

📖 **이 책은**

어떻게 그들은 한순간에 시장을 장악하는가 : 빅뱅 파괴자들의 혁신 전략(원서 : Big
Bang Disruption)

래리 다운즈, 폴 누네스 지음 | 이경식 옮김 | 알에이치코리아 | 2014년 6월

📖 **같이 읽으면 좋은 책**

구글의 아침은 자유가 시작된다 : 구글 인사 책임자가 직접 공개하는 인재 등용의 비밀

라즐로 복 지음 | 이경식 옮김 | 유정식 감수 | 알에이치코리아

나는 어떻게 1등 브랜드를 만들었는가 : 장사하지 말고 마케팅하라

김우화 지음 | 클라우드나인

필립 코틀러의 마케팅 모험 : 마케팅의 눈으로 보는 삶, 그리고 세상

필립 코틀러 지음 | 방영호 옮김 | 다산북스

《어떻게 그들은 한순간에 시장을 장악하는가》

> 빅뱅 파괴자들의 제품은 보다 좋고 보다 싸며
> 보다 고객 맞춤형이다.
> 일부 사용자에게만 맞춤형이 아니라
> 거의 모든 사용자에게 맞춤형이다.
> 이것은 단순히 파괴적인 혁신이 아니다.
> 그야말로 초토화 혁신이다.
> – 래리 다운즈

21세기는 사업의 경계가 사라진 시대다. 스마트폰의 등장으로 MP3 플레이어 시장과 차량용 내비게이션 시장은 한순간에 초토화됐다. 이제 같은 업종끼리만 싸우던 시대는 지났다. 예컨대 삼성전자는 스마트TV 시장에서 소니나 필립스가 아닌 구글 TV, 애플 TV와 경쟁하고 있다. 현대자동차의 고민은 도요타의 벽을 넘어서는 데 있는 것이 아니라 구글 자동차의 등장에 어떻게 대비하느냐에 쏠려 있다. 얼마 전 같으면 그 누구도 상상조차 할 수 없는 일이 벌어지고 있는 것이다. 업종 간 경쟁의 벽이 무너지고 그전까지는 전혀 다른 업종이라고 생각했던 회사 간에 경쟁이 급격하게 늘어나고 있다.

《어떻게 그들은 한순간에 시장을 장악하는가》는 구글, 아마존, 넷플릭스, 해커톤 등의 기업을 '빅뱅 파괴자'라 명명하고 그들이 시장을 한순간에 장악할 수 있었던 이유를 설명하고 있다. 이 책의 저자 래리 다운즈(Larry Downwes)와 폴 누네스(Paul Nunes)는 고성과 비즈니스 연구 프로그램을 선도하는 기술 분야의 컨설턴트로서 산업지형을 뒤흔드는 '빅뱅 파괴의 시대'에 기업이 어떻게 대비하고, 어떻게 살아남을 것인가를 설명하고 있다.

일반 기업들은 빅뱅 파괴자들이 들이닥치면 여기에 대응할 시간과 경쟁력을 갖출 기회를 얻지 못하고 속절없이 무너진다. 빅뱅 파괴 현장에서 살아남으려면 새로운 기술들이나 이것들이 몰고 올 충격을 보다 깊고 넓게 바라볼 수 있는 조기 경보 체제를 갖추고 있어야 한다. 그러기 위해서는 지금 가장 경쟁력이 있는 레이더보다 훨씬 성능이 우수한 레이더를 준비해야 한다. 뿐만 아니라 빅뱅 파괴자가 제품이나 서비스를 출시하기 훨씬 이전에 손을 잡을 수 있는 방안과 투자와 동반자 관계를 맺을 수 있는 비즈니스 능력을 키워 놓아야 한다.

산업 영역의 전방위적 해체는 21세기 산업의 대세이다. 그렇다면 빅뱅 파괴자들은 무엇이 다른가?

빅뱅 파괴자는 첫째, '규율에 얽매이지 않는 전략'을 펼친다. 경제학자들은 지난 수십 년간 전략적 계획에 대해 '시장 규율'에 집중할 것을 권했었다. 경쟁자보다 싸고 품질이 좋은 상품이나 서비스를 제시하라는 내용이었다. 그런데 빅뱅 파괴자들은 보다 좋고 보다 싸며 보다 고객

맞춤형인 제품을 들고 나타나 한순간에 시장을 장악한다.

빅뱅 파괴자는 둘째, '거침없는 성장 전략'을 구사한다. 빅뱅 파괴자가 나타날 때 시장채택률 증가 곡선은 거의 수직에 가깝다. 이 전략으로 디지털 음악 재생 장치인 애플의 아이팟은 첫 번째 빅뱅 파괴자가 됐다.

빅뱅 파괴자는 셋째, '부담에 구애받지 않는 개발'에 몰두한다. 많은 돈을 들여서 미리 조사를 하고 차근차근 개발한 결과로 빅뱅 파괴자가 나타난 사례는 거의 없다.

오늘날 전 세계는 광대역 네트워크와 유비쿼터스 컴퓨팅 장치들의 협력으로 최적화된 환경 속에서 혁신가들과 사용자들을 연결하고 있는 탓에 저비용 연구개발이 가능해졌다. 빅뱅 파괴자의 세 가지 특성에서 비용 감소가 빚어내는 극적인 충격은 제품이나 서비스의 제조 및 배포에 들어가는 원가를 제로에 가깝게 만들었다는 점이다.

빅뱅 파괴의 속도와 그 무시무시한 충격은 보다 싸고 보다 좋은 상품을 등에 업고 지속적으로 시장에 진입하는 파괴적인 신기술들이 낳은 결과이다.

앞으로 50년,
'환경'이 답이다

📖 **이 책은**

넥스트 컨버전스 : 위기 이후 도래하는 부와 기회의 시대(원서 : The Next Convergence)

마이클 스펜스 지음 | 이현주 옮김 | 곽수종 감수 | 리더스북 | 2012년 1월

📖 **같이 읽으면 좋은 책**

미래학자의 통찰법 : 보이지 않는 미래를 꿰뚫어보는 생각의 기술

최윤식 지음 | 김영사

유엔미래보고서 2045 : 더 이상 예측할 수 없는 미래가 온다

박영숙, 제롬 글렌, 테드 고든 지음 | 교보문고

대한민국 국가미래전략 2015 : 카이스트가 말하는 30년 후의 한국, 그리고 그 미래를 위한 전략

카이스트 미래전략대학원 지음 | 이콘

《넥스트 컨버전스》

> 미래를 어느 정도 현실 속에 도입할 수 있는지를
> 정확히 아는 것이 현명한 정부가 되는 비결이다.
> – 빅토르 위고

1750년 이전, 전 세계 사람들은 일부 부자나 권력자들을 빼고는 모두 가난했다. 1750년 무렵 영국은 산업혁명이라는 새로운 길을 열었다. 그로부터 200년이 지난 1950년이 되자 산업혁명의 수혜를 입은 산업국가 군의 평균 국민소득은 20배나 상승했다. 유럽과 유럽의 분파라고 부른 미국, 캐나다, 호주, 뉴질랜드가 이들 국가들이다. 아시아에서는 유일하게 일본이 1861년, 메이지유신으로 그 대열에 참여했다. 연간 500달러였던 평균 국민소득이 1만 달러를 넘어선 것이다. 이들은 세계 인구의 15%에 불과했다. 나머지 40억 인구는 여전히 뒤처진 과거 시대와 같은 삶을 살았다.

20세기 후반, 50년 동안 한국을 비롯한 개도국들이 산업화의 대열에 동참함으로써 세계 경제의 지형도가 바뀌었다. 30년 전에는 중국이, 최근에는 인도가 지속적인 고도성장 패턴을 보이면서 세계의 경제 전망을 바꾸고 있다. 중국과 인도는 세계 인구의 40%에 가까운 인구를 갖고 있기 때문에 이들 국가가 지닌 경제적 파급력은 세계 경제의 앞날을 좌우하게 될 것이다.

《넥스트 컨버전스》는 오늘의 시점을 중심으로 해 지난 50년의 과거, 그리고 앞으로 50년의 미래, 그렇게 총 1세기의 세계 경제를 다루고 있다. 과거 50년의 선진국과 개도국의 적나라한 성장 그래프를 분석하고 이어 앞으로 50년, 세계 경제의 트렌드를 예측한다.

저자 마이클 스펜스(Michael Spence)는 2001년 노벨경제학상을 수상한 경제학자답게 세계 경제의 지형도와 주요 국가의 위상 변화를 간결하고 쉽게 설명하면서 세계 경제의 미래를 날카롭게 조망하고 있다. 그의 분석은 매우 읽기 쉬울 뿐 아니라 복잡한 문제들까지도 완벽하게 다루고 있다.

이 책에 따르면 2008년의 위기는 두 번째 대공황을 야기할 뻔했다. 다행히 각국 정부와 중앙은행의 신속하고 효과적인 조치가 재난을 막았다. 신흥경제국들은 놀라울 정도로 빠르게 위기로부터 회복됐고, 이제 그들은 세계 성장의 주요 엔진이 되었다.

반대로 선진국들은 그리 잘 해내지 못했다. 2008년 미국의 금융위기, 2011년 유럽의 재정위기로 세계 경제의 올드 모델은 작동을 멈췄다. 이제 몇몇 선진 대국들이 세계를 지배하던 세상에서 고속 성장한 개도국들이 글로벌 경제를 뒤흔드는 새로운 시대가 온 것이다. 이것은 주요 개도국의 덩치가 커지고 소득이 증가하고 성장한 결과 나타난 새로운 현상이다.

세계는 G7 체제에서 G20의 시대로 바뀌었다. 세계 경제에서 소득은 대부분 G20로 알려진 국가들에게 돌아간다. G20은 전체 세계 소득의 85~90%, 세계 인구의 약 3분의 2를 차지한다. 마이클 스펜스는 앞으로 50년을 전망하면서 인류가 환경 문제를 어떻게 다루느냐에 따라 풍요로운 컨버전스의 시대를 맞이할 수 있을 것이라 전망하고 있다.

만약 시간이 지나면서 우리가 어떤 방법으로든 그 자산을 써버린다면 물질적인 행복의 수준과 삶의 질은 떨어질 것이다. 우리가 더 많은 에너지와 물을 쓰고, 더 많은 쓰레기를 만들고, 더 많은 분진과 가스를 배출한다면, 풍요로운 컨버전스의 시대는 오지 않을 것이다.

저자는 인류가 성장을 유지하기 위한 노력보다는 기후변화와 환경오염 문제에 슬기롭게 대처하면서 스스로 규제해야 할 도덕적 책임이 있다고 강조하고 있다.

빅데이터에
기업의 미래가 달렸다

《빅데이터의 충격》

빅데이터는 단순히 많은 데이터를 모으는 것이 아니라
다양한 데이터를 의미 있게 연결하는 것이다.
— 수다 램

최근 IT업계 최대의 화두는 '빅데이터(Big Data)'다. 문자 그대로 대규모 데이터를 지칭하는 말이지만, '대량의 데이터를 다루는 기술' 정도로 알고 있다가는 큰코다친다. '빅데이터 과학'의 놀라운 점은 당신이 무엇을 선택할지 알고 있다는 사실이다.

얼마 전 미국에서 일어난 일이다. 겨우 고등학생인 딸에게 출산용품 광고 메일이 날아들자 격분한 아버지가 마트를 찾아가 강하게 항의했다. 점장도 마케팅팀의 실수라 판단하고 사과했다. 그러나 쇼핑센터 데이터 분석팀 책임자는 그 여고생의 임신을 확신했다. 얼마 후, 그 여고생이 임신 사실을 숨겨온 것이 밝혀졌다. 이것이 바로 지금 우리가 살고 있는 '빅데이터 시대'의 단면이다. 어떻게 부모도 몰랐던 여고생의 임신을 알아낼 수 있었을까?

《빅데이터의 충격》은 '신 IT 비즈니스 전략'인 '빅데이터'에 대해 자세히 소개하고 있다. 저자 시로타 마코토(城田眞琴)는 일본 노무라종합연구소 혁신개발부 수석연구원답게 빅데이터를 무기로 삼는 미국, 유럽, 일본 기업의 최신 사례를 보여준다.

빅데이터 활용의 선두 주자는 기업이다. 현재 빅데이터 활용 사례의 선두 주자는 구글이다. 구글은 월간 900억 회에 이르는 인터넷 검색을 통해 데이터 양이 많으면 많을수록 얻을 수 있는 정보의 품질이 좋아진다는 것을 실천하고 있는 기업이다. 아마존은 빅데이터 활용의 역사가 깊다. '이 상품을 산 사람은 이런 상품도 샀습니다.' 이것이 아마존이 처음 시작한 상품 추천 시스템이다. 아마존은 고객의 상품 구매 이력과 열람 이력 등 방대한 행동 이력의 데이터 분석을 통해서 상품 추천 시스템을 성공적으로 운영한 결과, 480억 달러(2011년 기준)의 매출을 올리며 세계 최대의 온라인 쇼핑몰로 승승장구하고 있다.

빅데이터의 특징은 '3V'로 요약된다. 즉 데이터의 양(Volume), 형태의 다양성(Variety), 데이터 생성 속도(Velocity)를 의미한다. 먼저 데이터의 양이 어마어마하게 늘어난 것은 사실이지만, 자칫하면 저장매체만 낭비하는 쓰레기가 될 수 있다. 그리고 데이터 형태의 다양성은 놀랍기만 하다. 빅데이터는 인터넷 외의 공간에서도 만들어진다. 그중 대표적인 것이 센서 네트워크에서 발생하는 센서 데이터다. 즉, 자동판매기 관리 시스템, 버스나 자동차 운행 관리 시스템, 콜센터 통화 이력, GPS를 탑재한 스마트폰에서 발생하는 위치 정보 등등 각종 센서 데이터는 현재 기업에서 사용하는 관계형 데이터베이스로는 다루기 힘든 비구조화 데이터들이다. 또한 데이터 생성 속도는 장난이 아니다. 구글의 회장인 에릭 슈미트는 "인간 문명이 시작되면서부터 2003년까지 5엑사바이트의 데이터가 창출되었는데, 지금은 이틀 만에 같은 양의 데이터가 생산되며 이러한 속도는 점점 더 빨라지고 있다."고 했다.

바야흐로 패러다임의 전환의 시대가 도래했음을 깨달아야 한다.

빅데이터 시대는 쇼핑센터 데이터 분석팀이 여고생의 임신 사실을 알아낼 수 있었듯이 정치, 경제, 의료, 교육, 복지 등 다양한 분야에서 삶을 혁신하고 내일을 예측하는 가히 혁명의 시대다. 또한 빅데이터 시대는 보다 많은 사람들의 필요와 욕구를 과학적으로 파악하게 되었다는 점에서 의미가 있다. 이제 사람들은 자신의 마음에 꼭 맞는 서비스를 제공받을 기회가 더 많아졌다. 우리나라 산업 현장에서도 빅데이터를 도입하고 있는데, 보다 더 활성화되어야 한다. 빅데이터 기술이야말로 훨씬 더 경쟁력 있는 제품과 서비스를 개발할 수 있는 키워드이기 때문이다.

미래를 바꿀
3D 산업혁명

📖 **이 책은**

3D 프린팅의 신세계 : 미래를 바꿀 100년 만의 산업혁명

호드 립슨, 멜바 컬만 지음 | 김소연, 김인항 옮김 | 한스미디어 | 2013년 6월

📖 **같이 읽으면 좋은 책**

3D 프린터의 모든 것 : 한 권으로 끝내는 실전 활용과 성공 창업

허제 지음 | 고산 기획 | 형경진 감수 | 동아시아

누구나 즐길 수 있는 3D 프린팅 : 3D 프린팅 취미부터 창업을 위한 마스터까지

플로리안 호르쉬 지음 | 미래교역(주) 옮김 | 메카피아

3D 프린터 A to Z : 세상을 변화시키는 새로운 혁명

이기훈, 장수영, 이소영, 서민호 지음 | 인투북스

《3D 프린팅의 신세계》

3D 프린터는 소프트웨어와 하드웨어,
아날로그와 디지털, 소비자와 제작자,
거대 기업과 1인 크리에이터 간의
간극을 이어주는 혁명의 비밀을 담고 있다.
— 송지현

새로운 세상이 다가오고 있다. 산업혁명 이후 전기의 발명으로 세상은 천지가 개벽한 것처럼 변했다. 비행기와 컴퓨터와 인터넷과 핸드폰의 발명으로 100년 전 사람들은 상상도 못할 시공간이 압축된 세상에서 우리는 살고 있다. 그런데 또 하나의 새로운 세상이 다가오고 있다. 바로 '3D 프린팅의 신세계'다.

2013년 연두교서 연설에서 오바마 미국 대통령은 3D 프린터가 "모든 것의 생산 방식을 바꿀 혁명적 기술"이라고 밝히고, 미국 제조업의 부흥이라는 국가적 비전을 선포했다. 이미 미국은 첨단제조파트너십 위원회를 발족시키고 3D 프린팅 기술을 통한 첨단 제조업 전략을 수립하여, 미국 제조업 부흥에 박차를 가하고 있다.

도대체 3D 프린팅 기술이 무엇이기에 호들갑을 떨고 있는 것일까? 어리둥절해 하는 분들도 있을 것이다. 《3D 프린팅의 신세계》는 경제, 산업, 디자인, 건강, 바이오, 환경, 법률 등 각 분야에서 벌어질 새로운 산업혁명의 청사진을 보여주고 있다.

3D 프린팅의 구체적인 작동 원리는 생각보다 간단하다. 우리가 일반적으로 생각하는 프린터는 종이 위에 글자를 인쇄하는 2차원 프린터인 반면 3D 프린터는 2차원 레이어를 쌓아올리며 입체를 만들어나가는 방식이다. 마치 등고선 판을 쌓아 올리듯, 첨성대를 쌓듯, 벽돌을 한 칸씩 올리고 올려서 완제품을 만드는 방식이다.

3D 프린팅 기술은 이미 모든 사물을 복제 가능한 수준에 이르렀다. 현재 3D 프린터는 플라스틱, 금속, 유리, 바이오(세포) 등 다양한 소재를 사용해서 거의 모든 것을 만들어낸다. 신발, 옷, 안경테, 가구, 로봇, 건축물, 자동차, 타이어 등 기존 제조업 분야의 물건을 만들어낼 뿐만 아니라 고분자 소재들이 개발되면서 보청기, 치아교정기, 치아, 골격 등 의료계에서 유용한 모형물을 제작하고 나아가 사람 몸의 일부인 뼈, 혈관 등을 재생하는 수준까지 진화했다. 제러미 리프킨이 '제3차 산업혁명의 주인공'으로 3D 프린터를 꼽았듯이 '제3의 산업혁명'이 눈앞에 도래한 셈이다.

얼마 전 3D 프린팅 기술로 제작된 플라스틱 권총이 발사에 성공함으로서 세상이 발칵 뒤집혔다. '해방자'라고 이름 붙여진 이 권총은 8,000

달러짜리 3D 프린터로 출력된 물건이다. 3D 프린터는 설계도만 있으면 플라스틱 총, 디지털 푸드, 생체 조직까지 무엇이든 만들 수 있다. 최근 미국 코네티컷 주의 한 병원은 3D 프린터로 제작한 두개골 임플란트를 환자에게 삽입하는 수술에 성공했고, 독일에서는 비행기까지 제작할 수 있는 초대형 3D 프린터까지 등장했다. 영화 〈클라우드 아틀라스〉를 보면 다채로운 재료들이 스프레이처럼 뿌려지며 순식간에 음식이 '프린팅' 되는 장면이 나온다.

이처럼 3D 프린터 활용에는 한계가 없다. 그래서 학자들은 3D 프린터가 활성화될 경우 값싼 노동력을 찾아 해외 생산기지를 건설해야 할 이유가 없어진다고 전망하고 있다. 오바마 대통령이 미국 제조업 부흥을 강조하는 이유도 여기에 있다. 3D 프린팅 기술은 기존에 해결되지 못했던 세상의 수많은 사회적 문제를 해결할 수 있는 혁명적 기술이다. 3D 프린팅 기술은 상상을 뛰어넘는 세상을 보여줄 것이다.

스스로를
재편집하라

📖 **이 책은**
에디톨로지 : 창조는 편집이다
김정운 지음 | 21세기북스 | 2014년 10월

📖 **같이 읽으면 좋은 책**
최진기의 거의 모든 인문학 특강
최진기 지음 | 휴먼큐브

노는 만큼 성공한다
김정운 지음 | 21세기북스

세상을 보는 방식에 대한 보다의 심리학
나카야 요헤이, 후지모토 고이치 지음 | 김정운 옮김 | 21세기북스

《에디톨로지》

'에디톨로지'는 낯선 개념의 말이다. 문화심리학자이자 여러가지문제
연구소 소장인 김정운이 만들어낸 신조어로서 '편집학(edit+ology)'이란
의미를 갖는다. 세상에는 통섭, 학제 간 연구, 크로스오버, 융합 등 에디
톨로지와 유사한 개념들이 많다.

　그런데 왜 통섭이나 융합이 아니고 에디톨로지인가? 통섭이나 융합
은 너무 어깨에 힘이 들어간 개념이기 때문이란다. 그럴듯해 보이기는
하는데, 자세히 들여다 보면 도대체 무슨 이야기를 하는지 이해가 안 된
단다. 자연과학자와 인문학자가 그저 마주보며 폼 잡고 앉아 있다고 통

섭과 융합이 되는 게 아니다.

《에디톨로지》는 꽤 두툼한 책임에도 한나절이면 다 읽을 수 있을 만큼 쉽고 재미있는 책이다. 저자는 이 책에서 거침없고 파격적인 주장을 펼친다. 그는 "세상의 모든 창조는 이미 존재하는 것들의 또 다른 편집이다!"라고 주장한다. 세상 모든 것들은 끊임없이 구성되고, 해체되고, 재구성된다는 것이다.

이제 아는 것이 힘인 시대는 지났다. 가장 창조적인 인물로 손꼽히는 스티브 잡스의 탁월한 능력도 따지고 보면 '편집 능력'에서 나온 것이었다. 예컨대 마우스는 최초 발명자가 따로 있지만 마우스의 가능성을 알아차리고 진가를 발휘하게 만든 것은 스티브 잡스다.

창조적 인간은 남들이 그냥 지나치는 결정적 자극을 잡아채는 능력을 가지고 있는 반면 보통 사람들은 그저 바라보기만 할 뿐 그것을 새롭게 짜 맞추는 엄두를 내지 못한다. 모든 창조적 행위는 유희이며 놀이다. 창조란 별다른 것이 아니다. 세상 어디에도 없는 특별한 것도 아니다. 창조란 기존에 있던 것을 구성하고 해체하고 재구성한 것의 결과물이다. 이 창조의 구체적 방법이 에디톨로지다.

저자는 에디톨로지를 설명하며 독일 유학 시절 경험한 독일 학생들의 모습을 예로 들었다. "독일 학생들은 모은 카드를 자신의 생각에 따라 다시 편집한다. 편집할 수 있기 때문에 카드를 쓰는 것이다. …… 이때 정리는 그저 알파벳순으로 하는 것이 아니다. 자신이 설정한 '내적 일관성'을 가지고 카드를 편집하는 것이다. 이렇게 편집된 카드가 바로 자신의 이론이 된다."

과거 어느 때보다 편집자가 중요한 세상이 되었다. 10여 년간 높은 시청률을 올리며 최고의 프로그램으로 자리잡은 MBC의 〈무한도전〉을 예로 들어보자. 저자는 〈무한도전〉의 인기 비결이 화려한 자막을 통해 시청자가 자막이 없을 때와는 질적으로 다른 정서적 경험을 하기 때문이라고 말한다.

"〈무한도전〉이 그토록 오랫동안 시청자의 사랑을 받을 수 있는 것은 바로 이 자막의 힘에 있다. 자막은 PD의 영역이다. 물론 작가의 도움이 필요하긴 하지만, 영상의 편집과 맞물려 효과를 극대화할 수 있는 영역에 자막을 넣는 것은 전적으로 PD의 책임이다. 수십 대의 카메라가 녹화한 화면을 오직 하나의 화면으로 편집해내야 하는 PD나 영화감독은 이 시대 최고의 편집자다. 뛰어난 에디톨로지적 능력을 발휘해야만 살아남을 수 있다. '제7의 멤버'로 불리는 〈무한도전〉의 김태호 PD가 만드는 자막은 이제까지 우리가 봐왔던 예능 프로그램의 자막과는 질적으로 다른 차원을 보여준다. 그래서 그토록 인기가 있는 거다."

지식의 편집은 '어떤 프로세스를 통해서 가능하게 하느냐'와도 연관이 있다. 해야 할 일, 하고 싶은 일, 잘하는 일을 그 안에서 발견하는 것이 개인의 창조적 능력이다. 저자는 창조성이란 무에서 유를 만드는 것이 아니라 새롭지 않은 것에서 새로움을 발견하고 그것들을 잘 편집하는 과정에서 나온다고 말하고 있다.

나름
독서